WYNY ECU

# LÄCHELNDE
## MONA LISA
# ENTRÄTSELT

WYNY ECU

# LÄCHELNDE
MONA LISA
# ENTRÄTSELT

## PALAST VON KNOSSOS
Iraklion, Griechenland

## MUSEUM LOUVRE
Paris, Frankreich

## KLOSTER ANNUNZIATA
Florenz, Italien

## BILDHAUERATELIER
Berlin, Deutschland

Mit
20 Abbildungen

Impressum

© Wyny Ecu, Berlin, 2005

Covergestaltung und Layout: Wyny Ecu

www.wyny-ecu.de

© Alle Analysen und Fotos sind aus meinem Privatbesitz

Herstellung und Verlag: Books on Demand GmbH, Norderstedt

ISBN 3-8334-3659-X

# INHALT

# PALAST VON KNOSSOS
## Iraklion, Griechenland

Kreta ist eine Insel von kulturhistorischem Wert. Während meines dortigen Aufenthaltes traf ich einen Studenten der Athener Kunstakademie. Wir diskutierten über Gesetzmäßigkeiten der frühen geometrischen Kultur Griechenlands und so ergaben sich Erkenntnisse, die offensichtlich für uns, als nachfolgende Generation, einen besonderen künstlerischen Wert besitzen. Bei abendlichen Gesprächen und den üblichen Getränken erzählte er mir die Geschichte aus dem Jahr 2000 v. Chr., die sich im Palast von Knossos abgespielt haben soll:

Noch schlaftrunken und vom stark geharzten Wein verwirrt lag **Geometrios** zwischen den Amphoren, die Vorräte aller Art enthielten und außerhalb des Palastes im Erdreich kühl aufbewahrt wurden. Es waren seine Amphoren, er hatte sie aus rotem Lehm geformt und mit Mustern verziert. Niemand ausser ihm besaß die Fähigkeit derart große Behälter herzustellen, die gleichzeitig Meisterwerke des Kunsthandwerks waren, so dass der Herrscher von Kreta, **König Minos**, sie besonders schätzte. **Geometrios** verzierte die voluminösen Behälter mit geritzten Mustern. Einfache Striche wurden zu einer Form zusammengefügt und aneinander gereiht, daraus ergaben sich durch stetige Wiederholung der Urform wunderbare Ornamente. Für ihn war das ein logisch entwickelter Vorgang mit einfach erstellten Mitteln, wobei auch Ornamente entstanden, die sich automatisch ergaben. Ungewollt dann, wenn das zu verzierende Gefäß aus materialtechnischem Grund dem Künstler keine andere Wahl ließ, und er deshalb den ursprünglich erdachten Entwurf erzwungenermaßen abändern musste. Die inzwischen hochstehende Sonne belastete **Geometrios** Kopf erheblich. Sein Gesicht war von seinen kräftigen Armen verdeckt, aber er war dennoch an seinem üppigen weißen Bart für jedermann erkennbar. Selten befand er sich in diesem Zustand. Zur Freude aller erschien auch **König Minos**, der seinen beliebten Meister der Kunst niemals in einer derartigen Verfassung gesehen hatte. Es war eines der fröhlichsten Feste, das im Palast stattgefunden hatte, zu dem alle Kunsthandwerker eingeladen waren. Es wurde deutlich, mit welcher Macht der von allen geschätzte Wein den Menschen verändert.

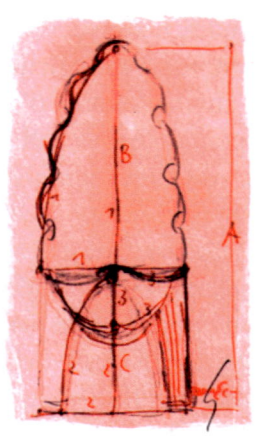

**Geometrios**, sonst klar des Denkens, er hatte den Thronsessel des Königs nach den Gesetzen der Geometrie geformt, wobei der „Goldene Schnitt", bei dem zwei Teile, deren größerer ( B ) zum kleineren ( C ) sich verhält wie die ganze Strecke zum größeren Teil ( A ), zur Anwendung kam. Diese geniale Tat bewog den König, alle am Künstlerfest beteiligten Kunsthandwerker damit zu beauftragen, nicht nur Gebrauchsgegenstände mit geometrischen Mustern zu versehen, sondern auch Menschen und Tiere nach diesem Gesetz zu gestalten. Vielleicht mag das der Grund gewesen sein, der schweren Aufgabe bewusst, dass sich **Geometrios** im Wein versenkte und kopflos den Tag verschlief. Wenn im Gehirn alles durcheinander läuft, die Gedanken Böses und Gutes durcheinander bringen, dann sind auch gelegentlich außergewöhnliche Dinge nicht auszuschließen, vorausgesetzt, der Geist kann sich in späterer Zeit noch daran erinnern. **Geometrios** konnte sich erinnern, sah den Lösungsweg darin, an Schnittpunkten gerade und gebogene Linien zusammenzufügen. Er hatte das Verfahren bereits bei der Gestaltung des Thronsessels für seinen König im Palast angewandt, mit positiven und negativen Halbkreisen verschiedener Größenordnungen war die Darstellung von Tieren möglich.

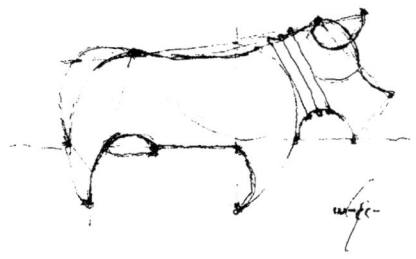

Für den erfahrenen Mann bedeutete die Umsetzung der Form in die dritte Dimension keinen besonderen Schwierigkeitsgrad. Ihn reizte es vielmehr, das von einem Kunsthandwerker entwickelte Metallgussverfahren bei der Neuentwicklung seiner Kleinplastiken einzusetzen. Diese Technik war bisher unbekannt und erlaubte daher nur kleine Arbeiten, die sich bequem von einer Hand umschließen ließen. Die von **Geometrios** ausgehende geistige künstlerische Entwicklung gab der Insel neue Impulse, und die Schaffenskraft aller Inselbewohner wurde zu Gunsten Kretas wohlwollend von **König Minos** gefördert. Amphoren, Gefäße aller Art, die nun auch die Gestaltung von Menschen und Tieren einbezogen, boten den Künstlern die Grundlage zur Anwendung ihrer bereits reichhaltig erprobten ornamentalen Formelemente. So wurde die Geometrie ein unsichtbares

Bindeglied bei der Gestaltung von Kunstwerken. Diese Regel schafft Verbindungen in Flächen- und bei Streckenanteilen, die unabwendbar zur Kunst zählen, sei es in der Plastik oder der angewandten dekorativen Malerei. Der aufkommende Reichtum der Insel Kreta wurde daher von Neid und Missgunst bedroht. Die Feinde Kretas überfielen die Insel und verwüsteten das Reich des sagenhaften **König Minos**. Dem ungeachtet ging das geistige Potential des zerstörten Landes nicht verloren, sondern bemächtigte sich des Festlandes, um sich in den folgenden Jahrhunderten dort zu entfalten. Mein Bildhauerkollege war mit mir gleicher Meinung, dass nachfolgend in vorchristlicher Zeitrechnung der römische Baumeister **Vitruv** unter der Verwendung mathematischer Regeln seine künstlerische Tätigkeit ausübte, denn die nachfolgenden Künstlergenerationen hinterließen Meisterwerke der Plastik und Baukunst, die nach dieser Regel gestaltet waren. Wir wussten auch, dass **Leonardo da Vinci** die kunsttheoretischen Schriften von **Vitruv** kannte und während der Renaissance neue Proportionsstudien des Menschen erarbeitete und diese Gesetze der Geometrie in seine Bildwerke einsetzte.

# MUSEUM LOUVRE

## Paris, Frankreich

Im Museum Louvre begegnete ich 1965, wie Millionen andere Bürger dieser Welt, der **Mona Lisa**, einem Gemälde des **Leonardo da Vinci**, das um 1500 n. Chr. von ihm gemalt worden war und eine außergewöhnliche Ausstrahlung besitzt. Nach einem ausgedehnten Museumsbesuch ging ich zunächst zur Seine. Dort malten, wie an einer Schnur aufgereiht, Maler ihre jeweiligen Stadtlandschaften, die von minderwertiger Qualität waren und mich folglich nicht interessierten. Ich ließ mich treiben, ging mal hier und mal dort hin, überquerte vielbefahrene Straßen, um nach anstrengendem Straßenpflastertreten meine müden Beine in irgend einem Restaurant ausruhen zu können. Es waren nur wenige Gäste anwesend, so dass genügend Tische zur Auswahl blieben. Aufkommendes Hungergefühl veranlasste mich dort länger zu verweilen, und den Abend mit einem Glas Rotwein einzuleiten.

Nach und nach füllten sich die Tische des Restaurants mit Touristen, deren Geldbeutel keine größeren Ausgaben erlaubten. Unter ihnen auch eine junge Frau, die allein gekommen war und sich nun direkt an meinen Nebentisch setzte. Offensichtlich erwartete sie niemanden, vermutlich handelte es sich entsprechend ihrer blondierten Haarfrisur um eine Dame des Straßengewerbes. Sie hatte eine sehr gute Figur und war gefährlich verführerisch anzusehen. Um sich ihr aber zu nähern, fehlte meinem Geldbeutel das richtige Volumen. Ich war froh, meine bestellte karge Abendmahlzeit bisher im eingeplanten Tagessatz gehalten zu haben.

Ich beachtete sie weiter nicht, sondern beschränkte mich darauf, eine Postkarte zu betrachten, die ich im Museum gekauft hatte, und die das Bildnis der **Mona Lisa** darstellte. Ich hatte wohl mehrere Minuten damit verbracht sie anzusehen, als unerwartet meine Tischnachbarin sich erkundigte, ob mir diese Frau mit ihren dunklen Haaren gefiele. „Darf ich mich zu Ihnen setzen?" fragte die junge Blondierte. Darauf war ich nicht vorbereitet und stotterte verlegen irgend etwas. Ich dachte an mein für Benzinkosten reserviertes Reisegeld und schwieg verlegen, dabei sogar im Gesicht etwas rot werdend. „Aber, aber, Sie brauchen nicht verlegen sein. Ich möchte mich nur ein wenig mit ihnen unterhalten und fragen, ob sie sich für die Kunst der Renaissance im allgemeinen oder nur für die sich im Museum Louvre befindliche **Mona Lisa** interessieren." „Sowohl als auch," entgegnete ich. Meine zuvor bestehende Zurückhaltung konnte ich nun aufgeben. Sie bestellte zwei Glas Rotwein und sagte: „Na also, so kommen wir uns etwas näher." Nun saß diese Schönheit an meinem Tisch. Aber ich fühlte mich nicht frei, von ihr gefangen. Meine Gedanken durchforsteten die Summe meiner geringen vorrätigen Geldscheine. Wie kann ich nur verhindern, dass diese Frau auf meine Kosten ihren Abend verbringt? Ist das ihre Arbeitsmethode? Ich fasste mich und machte deutlich, dass ich als Student nicht die von ihr bestellten Getränke bezahlen könne. „Ich weiß das, es ist von mir auch nicht so gedacht, ich hatte zwei Gläser Rotwein bestellt und zahle sie auch. Was studieren sie? fragte sie, doch nicht etwa Malerei oder schlimmer noch, nur Kunstgeschichte?"

Bevor ich antworten konnte stand sie auf, entschuldigte sich und ging in einen Nebenraum, dessen Tür einen Spalt geöffnet soviel Einblick erlaubte, dass einige Schachspieler sichtbar wurden. Vor mir standen nun die mit Rotwein gefüllten Gläser auf dem Tisch, die Rechnung lag daneben und meine blondierte Schönheit hatte mich allein gelassen. Es ging alles viel zu schnell, als dass ich in irgend einer Weise hätte reagieren können. Also bin ich doch reingefallen. Warum hatte ich mich nur darauf eingelassen, murmelte ich und nahm erneut meine Postkarte hervor, um diese erneut anzusehen, und gleichzeitig darauf zu warten, ob sich doch noch alles zum Guten wenden würde. Nach einer erheblichen Wartezeit erkundigte ich mich beim Kellner des Restaurants nach der jungen Frau, gleichzeitig mit der Absicht zu bezahlen. Aber er sagte: „Es gibt für Sie keine offene Rechnung, die junge Frau habe alles, auch mein Essen bezahlt und sei fortgegangen." Sie hatte von mir unbemerkt das Haus verlassen. Wie konnte das nur geschehen? Wohlbemerkt hatte dagegen eine dunkelhaarige Schönheit, die vor geraumer Zeit das Restaurant betreten und in einer größeren Entfernung von mir ihren Platz eingenommen. Irgendwie verspürte ich von ihr beobachtet zu werden und so trafen sich unsere Blicke nun des öfteren. Ich beobachtete sie als sie aufstand, um ihren wohlgeformten Körper für mich deutlich sichtbar zu machen. Nun hatte mich diese Art ihrer Darstellung gefesselt, und umgeben von ihren schönen schwarzen langen Haaren bemerkte ich ein Lächeln, das ich zuvor noch in ähnlicher Weise auf der Postkarte der abgebildeten **Mona Lisa** bewundert hatte. Sie ging um einige Tische herum, immer darauf bedacht, sich von ihrer allerbesten Seite zu zeigen und stand dann vor mir und fragte: „Sie kennen mich?" Ich verneinte. „Wir saßen bereits zusammen an diesem Tisch, erinnern sie sich noch an meine blonde Perücke und den Rotwein, den ich bestellte? Oder an die Frage, ob sie Malerei oder Kunstgeschichte studieren? Sie hatten das nicht beantwortet". „Ich studiere Bildhauerei" sagte ich etwas schroff. „Das ist klug, denn wer kann heute schon so gute Bilder malen wie **Leonardo da Vinci**. Viele möchten gute Maler sein, einige versuchen es, andere verlegen sich mangels eigener Begabung darauf, sich kunstgeschichtlich zu betätigen und erhoffen sich irgend eine feste staatliche Anstellung. Aber das war zu meiner Zeit nicht anders." „Zu welcher Zeit war das, Ihre Zeit?" fragte ich zurück. „Das war um 1500 in Florenz, zu der Zeit, als **Leonardo da Vinci** lebte und seine Meisterwerke schuf. Ich lernte ihn persönlich kennen und dank seiner genialen Erfindungsgabe wurde es mir möglich gemacht, über fünfhundert Jahre zu überleben. Leider sind speziell diese, seine wichtigsten wissenschaftlichen Aufzeichnungen der Nachwelt nicht erhalten geblieben. Aber Sie sehen, ich lebe und habe eine gewisse Ähnlichkeit mit **Mona Lisa.** Eigentlich bin ich **Lisa la Gioconda**, mein Mann war damals Seidenkaufmann. Darf ich Ihnen etwas aus der damaligen Zeit erzählen, Dinge also, die **Leonardo da Vinci** mir persönlich erzählte oder die wir gemeinsam erlebten?" Ich war fast gelähmt vor Aufregung. Diese Frau hatte wirklich eine große Ähnlichkeit mit dem Bildnis, das alle Besucher im Museum Louvre so fasziniert. „Ja, bitte!" ich wusste nicht, wie mir geschah. „Junger Mann, ich bin zwar auch noch um dreißig Jahre alt, aber wenn Sie diese Zwischenzeit von fünfhundert Jahren dazurechnen bin ich doch um einige Jahre älter als Sie." Wir blickten uns an. Ihre südländisch dunkelgefärbten Augen betörten mich, ich war traumhaft glücklich und so erzählte sie ihre Geschichte aus dem Jahr 1500, als sie **Leonardo da Vinci** kennen lernte, mich damit in die vergangene Zeit zurück versetzte.

# KLOSTER ANNUNZIATA
## Florenz, Italien

Vor fünf Jahren begann im Refektorium des Mailänder Klosters Santa Maria delle Grazie die künstlerische Arbeit am Abendmahl, die nach konzentrierter, anstrengender Tätigkeit den Ruhm **Leonardos** mehren sollte. Aber das äußere Leben war wegen Kriegseinwirkung in Unruhe versetzt, so erschien es ratsam, sich gemeinsam mit dem angesehenen Mathematiker und Freund **Luca Pacioli** nach Florenz zu begeben. Außerhalb der Stadt verursachten schwer befahrbare Wege und herumarodierende Söldner weitere unkalkulierbare Gefahren. In Notizbüchern notierte Erfindungen enthielten zwar Skizzen einer möglichen Gegenwehr, aber diese Ideen waren zukunftsorientiert einsetzbar und so erwiesen sich die Städte Mantua und Venedig, in denen Meister der Kunstgilde zum Nachtmahl und nächtlicher Unterkunft einluden, als wohltuende Zwischenstationen. Nach vielen weiteren Strapazen erreichten sie Florenz. Hier arrangierten Mönche des Klosters Annunziata für Beide eine Unterkunft. In den kargen Räumen ließen sich ungestört anderer äußerer Einwirkungen neue, selbstgestellte Aufgaben überdenken, die darin bestanden, naturwissenschaftliche Erfahrungen dem gegenwärtigen Machthaber anzubieten.

Die Lebensgewohnheiten der Mönche waren einfach. Auf die Genüsse des Alltags wurde wenig Wert gelegt, auch die Mahlzeiten waren bescheiden. Sich diesen Gewohnheiten anzupassen bedurfte keiner besonderen Schwierigkeit. Nach dem morgendlichen Gebet begann nach dem Waschen aus dem Brunnen des Klosters das Frühstück. Es bestand aus etwas Ziegenkäse, selbstgebackenem Brot und verschiedenen Sorten Obst. Dann begann die tägliche Arbeit. Sie verlangte einerseits bisher gemachte Erfahrungen eines technischen Ablaufs in geplante Werke einzubeziehen, andererseits sich aber auch zu erinnern und über vergangenes nachzudenken. Als unehelicher Sohn eines einfachen Bauernmädchens und eines erfolgreichen Notars hatte **Leonardo** oftmals auch die Kindheitserinnerungen im Gedächtnis, als ihm in wenigen Klassen der Grundschule seines Geburtsortes Vinci das Lesen, Schreiben und Rechnen viel Mühe bereitet hatte. Latein, eine unabdingbare Bedingung jeder guten Ausbildung, wurde nicht gelehrt. Dagegen erwies sich seine künstlerische Befähigung und Begabung, kleinste Details der Natur in ihren Zusammenhängen zu erkennen als eine Quelle besonderer Verquickung von Kunst und Wissenschaft, die hochgeschätzten Künstlern eigen ist. Auch die spätere handwerkliche Erfahrung, die der angesehene Maler und Bildhauer **Andrea del Verrocchio** vermittelte, war ihm in bester Erinnerung. Bei dem auch über die Grenzen Florenz hinausgehenden Ruhm des 1435 geborenen Meisters galt es vor allem, das Handwerk mit den dazugehörenden weiteren einfachen Tätigkeiten des Perspektivezeichnens und Musizierens mit der Laute zu begreifen, wozu auch bildhauerische Techniken, also die Vorbereitung zum Guss, sowie das Holzschneiden, Gips- und Goldschmiedearbeiten gehörten. Sich bescheiden, sich der Disziplin und dem Geist seines Lehrmeisters unterzuordnen, zu zeichnen, zu kolorieren und beim Mischen von Farben deren Kontraste zu erfassen, offenbarte eine außerordentlich disziplinierte Begabung. Alle Schüler, die auch Theorien der Mathematik, Geometrie und Anatomie gelernt hatten, wurden in der Tradition von Handwerkern erzogen, und aufgrund ihrer Unkenntnis des Lateinischen blieb ihnen der Zugang zum Kreis der Gelehrten verwehrt. Unehelichen blieb ohnehin der Zugang zur Universität versperrt, und so ergab sich für **Leonardo** eine zwölfjährige Lehrzeit beim Meister **Verrocchio**. Um nach der äußerst anstrengenden künstlerischen Arbeit am „Abendmahl" und dem Ortswechsel von Mailand nach Florenz im Innern des

Klosters die innere Ruhe wieder zu finden, bedurfte es auch der Anpassung an die neue Gegebenheit. Der Zugang zu den separaten Räumen, den die Ordensbrüder bereitstellten, war über eine verborgene Treppe möglich. Der sonnige frühe Tag machte frohgemut. In der freien Natur waren die Reste des vergangenen Winters wesentlich weniger zu verspüren als in den Gemäuern des Klosters, in denen sich noch teilweise die sich überall verbreitete Feuchtigkeit hielt. So führte der morgendliche, ausgedehnte Spaziergang entlang des Weges an einer langen Reihe stolzer Zypressen vorbei zu einem Feld, wo sich in geringer Höhe ein fast stillstehender Vogel befand, der wegen seiner Größe als Falke erkennbar war und sich deutlich von anderen Raubvögeln unterschied. **Leonardos** Liebe zur Natur und seine außergewöhnliche Beobachtungsgabe, Tiere und Pflanzen aller Art genauestens zu unterscheiden, war seit frühester Kindheit von seinem Onkel gefördert worden. Diese Erlebnisse hatten ihm stets viel Freude und Entspannung bereitet. So war auch jetzt die außergewöhnliche Flugfähigkeit des Falken immer wieder faszinierend anzusehen. Das Naturerlebnis musste zeichnerisch festgehalten werden. In einer kleinen, aus Ziegenleder gefertigten Tasche befand sich das Notizbuch und einige kleine Papiere, die für Skizzen vorbereitet worden waren. Der dazu gehörende Silberstift, der geschickt vom Geist gelenkt wurde, war ebenfalls zur Hand. Mit diesen Materialien ließ sich mit allerzartesten Strichen die Stimmung zeichnerisch auf das Blatt übertragen. So war es dann auch in kürzester Zeit geschehen. Die angefertigte Zeichnung, die wunderbare feinste Grauabstufungen enthielt, wurde nun in der kleinen Ledermappe sorgsam aufbewahrt. Nur wenige begnadete Künstler waren befähigt, sich derartiges so tief ins Gedächtnis einzuprägen, dass sie auch später noch, also eigentlich zu jeder anderen beliebigen Zeit, das Geschehen zeichnerisch auf andere Papiere übertragen konnten. Der Zusammenklang der Materialien, einerseits die Legierung des Silberstiftes, der in Holz gefasst aus Zinn und Blei bestand und daher keine tiefschwarzen Töne, nicht silberne, sondern hellgraue Töne ergab. Andererseits verlangte die sorgsam zu schützende Papieroberfläche, die sehr sensibel auf feinste Striche reagierte, nur ein Kleinstformat von wenigen Zentimetern. Diese Skizze war nützlich, um das bereits vorhandene Wissen zu erweitern, z.B., die Funktions-Mechanik des Vogelfluges zu erforschen, so, wie es teils schon einige Male in früherer Zeit bei anatomischen Studien am menschlichen Körper geschehen war. Das Arbeitsmaterial war also besonders geeignet, um auf Wanderschaften jederzeit verfügbar und wenig belastend zu sein. Wesentliches konnte nur allein und ungestört erfahren worden sein. Die Natur ließ sich gut bei frühem Sonnenlicht beobachten, während dagegen das Spiel von Licht und Schatten und deren Übergänge in den schmalen Gassen besonders gut zur Mittagszeit geprüft werden konnte. Die in der Mittagshitze sich im Schatten der Häuser begegnenden wenigen jungen Frauen ließen **Leonardos** Gedanken in eine andere Richtung laufen." Lisa hatte bisher ihre Erzählung sehr konzentriert und in bester Erinnerung wieder gegeben und nur gelegentlich vom roten Wein gekostet, der sich in einem Glas mit reichverzierter Ornamentik befand. Aber nun schluckte sie etwas, unterbrach kurz, setzte dann mit tiefversunkenem Blick ihre Schilderung fort: „Wenn ein Mann im besten Alter sich eines ansonsten verborgenen Zugangs zu einem Kloster bediente, hatte das tiefgreifende Gründe. Nach zwanzig Jahren seines Mailand-Aufenthalts wieder in Florenz zu leben bedeutete, dass eine gewisse Anonymität bestand. So konnte gearbeitet und geforscht werden, ohne sich stets mit dem vermuteten Vorwurf der Homosexualität befassen zu müssen, deren damalige Anklage jedoch nicht zum Prozess führte: zwei gemeinsam denkende und arbeitende Männer, in deren Nähe sich keine Frauen befanden, galten als anormal, auch wenn ihnen auf anderer gesellschaftlicher Ebene gegenteiliges nicht vorenthalten wurde. Beide Freunde fanden viel Zuneigung in der Mailänder Damenwelt, die mit ihren Reizen nicht geizten. Wer seine außergewöhnliche künstlerische Begabung erkannte und entsprechend handelte, würde sich nie in das normale bürgerliche Leben einfügen können. Die geistigen Unterschiede ließen sich einfach nicht miteinander verquicken. Ebenso war es auch im Kloster, in dem einige Mönche zur Homosexualität neigten, andere nicht und jeder betrachtete die andere Kreatur mit eigenen Blicken. **Leonardo** nahm Dinge wahr, die ein normal, vor allem sexuell fühlender Mann niemals verstanden hatte, denn er durchleuchtete die ihm begegnenden Frauen mit anatomischer Kenntnis.

Die junge Frau dachte kurz nach und in ihrer weiteren Erzählung wurde nicht ganz verständlich, ob sie die folgenden Zusammenhänge wirklich begriffen hatte. Ich hörte ihr selbst nur mit halbem Ohr zu und hing vielmehr an ihren Lippen, die ich allzu gern geküsst hätte. „Nicht nur das Äußere, wenn auch mühsam Aufbereitete einer Frau, ließ sich von Leonardo in Formen und Farben analysieren, sondern auch der formale Zusammenhang, der vom nicht verborgenen Gesicht ausging verriet dennoch die in modischer Kleidung verhüllte anatomische Beschaffenheit des Weibes. Die reliefartige Struktur des Gesichtes offenbarte den gesamten Körper. Kenntnisse der Proportionen, das Verhältnis von Höhen und Tiefen, Einschnitte an Gelenken und Fleischteilen, all diese Dinge widerspiegelten sich im Gesicht einer vom Künstler betrachteten Frau. Er kannte die Gliederung der Altersstruktur des Menschen und erfasste somit alle angeblichen Geheimnisse der Frau. Selbst weiteste Kleidungsstücke verbargen die Reize einer Frau nicht, denn wichtige Berührungspunkte des Körpers an der Kleidung verrieten ihm das anatomische Zusammenspiel vom sichtbaren Muskelteil des Gesichtes, der Hände, Beine oder auch nur die der Füße. Das Verhältnis der Körpergröße zur Gesamtproportion bot dem anatomisch geschulten Künstler ein tiefgründigeres Sehen dank seines Wissens. So, wie der Bildhauer aus dem Marmor seine Skulptur herausmeißelt, in dem alle Formen vorhanden sind, so ist auch die jeweilige menschliche Körperform sichtbar geordnet unter der Kleidung vorhanden. Jede menschliche Kreatur, ob Mann oder Frau, offenbarte sich damit jemandem, der besser als alle Anderen derartige Zusammenhänge begriff. Die Kenntnisse der vergleichenden Anatomie waren nicht nur von weiblichen auf männliche Körperformen übertragbar, sondern ließen sich auch bei den Tieren, z.B. den Pferden, anwenden."

**Lisa** hatte das in einer Selbstverständlichkeit vorgetragen, als würde sie **Leonardo da Vincis** Gedanken wiedergeben. „Seine im Verlauf des Tages gemachten Erfahrungswerte ließen sich nach Erreichen des verborgenen Treppenzugangs zum Kloster in schattigen, aber hellen Atelierräumen vertiefen und in weiteren Skizzen festhalten. Der tägliche Arbeitsablauf wurde nur unterbrochen, wenn die Ordensbrüder des Klosters zum abendlichen Gebet und zum Nachtmahl riefen. Die Jahreszeiten schritten voran und jeder Tag ergab neue Erkenntnisse, und auch neue Aufgaben. Die Ordensbrüder erwarteten als Gegenleistung für Kost und Logie ein Altarbild zur Ausschmückung eines bisher sparsam ausgestatteten Raumes ihres wunderschönen Klostergebäudes. In der Früh war es windstill, so dass es ratsam erschien, sich mit der Vorbereitung dieser Aufgabe zu befassen. Im Schatten des prächtigen Walnussbaumes, der nach Durchschreiten der Pergola sichtbar wurde, ließ sich auf einer kleinen Bank mit dazugehörigem Holztisch zunächst über die erforderliche maltechnische Vorbereitung nachdenken. Die bevorstehende Arbeit bedurfte jedoch einer gewissen Ruhe, die aber von vernehmbarer Musik gestört wurde. Es waren Übungen musizierender Kinder, deren Klänge von einer Laute ausgingen. Um den Tag ohne äußeren Einfluss zu beginnen war es ratsam, ein eigenes Lautenspiel dagegen zu setzen. Die durch Meister **Verrocchios** verfeinerte Spielweise **Leonardos**, sowie seine eigene Fähigkeit, Texte hinzuzufügen und zu improvisieren, ermöglichten ihm wundervolle Gesänge zu diesem Instrument.

Dieser wunderbare musikalische Kunstgenuss, zu der sich auch Mönche des Klosters einfanden, erhielt seine Unterbrechung durch Freund **Luca,** der schon in Mailand Begleiter und Mitarbeiter war und nun daran erinnerte, doch bitte auch an die vor einiger Zeit beabsichtigte Herstellung eines neuen Malmittels für Ölmalerei zu denken, da während des Umzugs von Mailand nach Florenz die vorhandene Flasche zerbrochen war und neu hergestelltes Öl eine gewisse Lagerzeit erfordern würde. So bestimmte diese technische Notwendigkeit den weiteren Ablauf des Tages, welcher nur von kleinen Mahlzeiten unterbrochen wurde.

Um frisches Malmittel zu erstellen, wurden Nüsse des vorhergehenden Jahres verwendet, die vom Walnussbaum stammend von den Mönchen gelagert worden waren. Ein Ordensbruder, der sich ebenfalls künstlerisch betätigte, beteiligte sich an der Herstellung des Walnussöls, wobei ausgewählte Nüsse nicht zu früh, also vor Weihnachten verarbeitet werden durften, sonst ergäbe es nur eine Emulsion und kein brauchbares Malöl. Dazu wurden zunächst Nusskerne eingeweicht. Nach einer gewissen Zeit wurden sie geschält und gesiedet, bis das Öl sich abtrennte. Das Öl ist heller als Leinöl und wurde in gut verschließbaren Flaschen gelagert. Anfangs ist es noch grünlich und erst dann als gutes Malmittel verwendbar, wenn es gelblich ist.“

Die junge Frau hatte in mir einen sehr aufmerksamen Zuhörer gefunden. Sie spürte wohl, dass ich mich für Geschichte und insbesondere für alle Dinge interessierte, die sie mir aus erster

Quelle mitteilen konnte. Nun erfasste sie meinen Unterarm, hielt ihn sehr fest und erzählte mir von anderen Vorgängen damaliger Zeit:

# LEICHENKELLER

Der Abend nahte und die Beteiligten wussten, eine aufregende Nacht steht bevor, denn einer der Ordensbrüder gab den Hinweis, das Werkzeug sei einzupacken. Für **Leonardo** würde es nach langer Zeit, fast zehn Jahre waren vergangen, neue Erkenntnisse geben, die den unbändigen Wissensdurst aller befriedigen würde.

Wer würde sich vor den Augen der Beteiligten im Krankenhaus Santa Nuova zeigen? Trotz der guten Verbindung der Mönche zu ihren Brüdern dort gab es keinerlei genauere Hinweise. So konnte durchaus mit unangenehmer Überraschung gerechnet werden, dementsprechend war das Werkzeug einzupacken, das aus einer äußerst scharfen Klinge bestand und sehr fein in der Hand lag. Das war auch insofern wichtig, sollten doch keine groben Fehlschnitte passieren.

Es sollte um Leichenöffnung gehen, die nicht nur einschränkenden Gesetzen unterworfen, sondern sogar auf päpstliche Anordnungen verboten war. Der **Malermönch** sah sich trotz aller Demut vor seinem obersten Hirten dagegen als Diener eines göttlich begnadeten Künstlers und war erstmals bei einer solchen Aktion anwesend, um sich mit praktischer Hilfestellung zu befassen, ohne die ein derartiges Vorhaben nicht gelingen konnte: Es ging vor allem um die Erkundung der Funktion, also der Darstellung von Muskeln und deren Oberflächenbeschaffenheit, also der Gesetze der Muskel-Mechanik in ihrer Beziehung zwischen Knochen und Gelenken. Die Wartezeit wollte nicht vorüber gehen.

Man scherzte auffällig, und so wurde der befreundete **Malermönch**, launisch **Alex** genannt, nach **Papst Alexander VI.**, der als Diener Gottes keinesfalls nach den auferlegten Regeln der Kirche handelte.

Die Abendsonne war zwar inzwischen untergegangen, aber dennoch blieb es draußen noch sommerlich, viel zu hell, um sich zum vereinbarten Ort zu begeben. Es war eine geheime Mission, an der auch in gemeinschaftlicher Zusammenarbeit einige Mönche mitarbeiteten, die sich damit unbedingt auch der Strafverfolgung Kirchlicher Macht auslieferten. Beruhigend wirkte die gute Verbindung der Ordensbrüder zum Krankenhaus Santa Nuova.

Zunächst wurde im Atelier noch die handwerkliche Zusammenarbeit erprobt. Unterschiedliche Lichtverhältnisse waren zu überprüfen, deren Abstände zum Objekt mussten bedacht sein, um Schattenbildungen zu vermeiden, die bei der beabsichtigten komplizierten Arbeit unnötige Schwierigkeiten hervorbringen konnten. Je besser das Vorhaben erprobt wurde, um so sicherer ließ sich innerhalb des vorgegebenen, begrenzten Zeitumfangs mit vielen guten Ergebnissen rechnen.

„Lisa nahm einen kräftigen Schluck Rotwein. Ihre Erzählung war so, als wäre sie bei dieser Aktion selbst dabei gewesen.

„Endlich war die Zeit reif, die Gesamtkonstellation günstig. Es war stockfinster, der Mond nicht vorhanden und so konnten zwei Personen in der Kleidung von Mönchen den geheimen Treppengang des Klosters verlassen. Unterwegs begegneten sie niemandem, alle Bewohner schienen zu schlafen. Obwohl der Weg über das holprige Straßenpflaster äußerst beschwerlich war, ging es doch gut voran. Der Wissensdurst trieb die Männer an, auch wenn gelegentlich ihre Schritte auf dem holprigen Weg die Stille der Nacht störte, was dann erschrocken zur Kenntnis genommen wurde.

Endlich. Eine Gestalt, nach der Erzählung des **Malermönches** von Annunziata, ebenfalls ein Ordensbruder und Kunstmaler, der im Krankenhaus seine Pflichten erfüllte, empfing wortlos die Ankömmlinge und führte sie direkt in den Keller.

Nun konnte die Arbeit beginnen. Der dunkle Raum wurde mit der mitgebrachten Kerze erleuchtet, so dass sich in deren Lichtschein eine auf dem Tisch liegende menschliche Person erkennen ließ. Es war ein Neuzugang, ein Mann mittleren Alters, der offiziell von der Gerichtsbehörde zum Tode verurteilt und gehängt worden war. Er war ein Verbrecher und sollte laut Gerichtsurteil eine Frau ermordet haben.

Nun wurde die anatomische Studie vorgenommen, ohne dabei gegenüber Leichen und Blut Besonderes zu empfinden. Beim Anblick des Leichnams wurde daran erinnert, dass auch eine erhebliche Infektionsgefahr nicht abschrecken dürfe.

Aber das waren jetzt unbedeutende Nebensachen. Es ging darum, die Leiche zu sezieren und die gewonnenen Erkenntnisse zeichnerisch festzuhalten. Der **Malermönch** richtete sich nach der erprobten Ateliermethode so ein, dass **Leonardo** nun das feine Seziermesser mit ruhiger Hand führen konnte.

Die Leiche verbreitete einen unangenehmen Geruch, aber auch dieser Umstand durfte das Unternehmen nicht scheitern lassen. Jeder Schnitt legte den Funktionsbereich frei und musste sorgsam gezeichnet werden. Die beiden Mönche besaßen diese Fähigkeiten nicht, waren also auf das aufgezeichnete Ergebnis angewiesen. Der **Malermönch** hatte gelegentlich Probleme, sich mit der Kerze richtig einzustellen, weil er den Anblick des Blutes nicht ertragen konnte. So verdrehte er mehrfach die Augen und war froh, dass **Leonardo** nun wieder eine neue Zeichnung erstellte, wobei er bewundernd erlebte, mit welch geschickter Hand eine anatomische Studie nach der anderen entstand.

Es wurde Zeit, den Leichenkeller zu verlassen, um noch rechtzeitig vor Sonnenaufgang den geheimen Zugang des Klosters zu erreichen. Der Rückweg verlangte dem **Malermönch** alles ab, er zitterte noch über das Miterlebte und zeigte sich aschfahl im Gesicht.

Nach Ablage der Mönchskutte, der Reinigung von Händen und Werkzeug lagen die erstellten Zeichnungen auf dem Tisch, so dass der gesamte Vorgang überprüft werden konnte und die einzelnen Schritte deutlich ablesbar waren.

Während der anatomischen Untersuchung ging es um die Bauweise und Mechanik einzelner Bestandteile des Menschen, die in vergleichenden Überlegungen auch bei Tieren anzustellen waren. Der Tag hatte gut begonnen und endete in voller Zufriedenheit mit dem Ergebnis."

Die junge Frau fragte: „Sie starren mich so an. Ist Ihnen nicht gut? Möchten Sie, dass ich meine Erzählungen beende?"

Automatisch schloss ich kurz meine Augen und sagte nur: „Nein, bitte erzählen Sie mir alles, was Sie aus dieser Zeit wissen".

# GEHEIMGANG

**D**er im Kloster Annunziata befindliche Nussbaum bot reichlich Schatten, unter dem sich der **Malermönch** die nächtliche „Operation Anatomiestudium" noch einmal vor Augen führte. So war sein Gesicht noch blassgrün gefärbt, dem gehängten Kopf des Studienobjekts kam er in seiner Erinnerung noch recht nah.

Schlaf oder ausgedehnte Langeweile war dagegen nicht Sache eines wissensdurstigen Künstlers.

**Leonardo** wollte den Zusammenhang zwischen einem menschlichen Bewegungsradius der Gelenke der oberen Extremitäten und der Flugfähigkeit des gezeichneten Falken im mechanisch technischen Ablauf erkunden, der keinen weiteren Aufschub verlangte. Deshalb erschien es sinnvoll, sich zur Piazza zu begeben, sich unter das Volk zu mischen und bei Vogelhändlern nach einem geeigneten Exemplar zu suchen.

Die Klangfolge eines im Käfig befindlichen Tieres erinnerte mit seiner Melodie an einen in der Nähe des Klosters lebenden Vogels, der allabendlich zunächst leise, dann immer lauter werdend seine Melodie zum Klang einer Laute sang, die aus der Ferne zu vernehmen war. Sein Schnabel war gelblich und das Federwerk schimmerte schwärzlich im sonnigen Licht. Es war unverkennbar eine Amsel. Seit vielen Monaten ließ sich stets dieser gleiche Gesang hören. Während der Vogel sang, lauschte der Mensch. Beide waren mit der sie umgebenden Natur eng verwachsen. Sie bewunderten sich gegenseitig, aber der Vogel flog, war also dem Menschen diesbezüglich weit überlegen. Er flog von Gipfel zu Gipfel und ließ den Betrachter nur davon träumen, eines Tages derartige Leistungen mit technischen Mitteln vollbringen zu können.

Bewunderer der Natur, Forscher oder Künstler neigten gelegentlich zu nicht alltäglichen Dingen. So erlebten nun alle

Vögel ihre Freiheit, in dem sie gegen Barzahlung befreit, aus dem Käfig entlassen würden, um sie beim Flug in der Startphase beobachten zu können.

Diese Aktion hatte mehr einen naturverbundenen als einen forschungstechnischen Nutzen erbracht. Dennoch, der Rückweg brachte den Ausgleich und ermöglichte noch am gleichen Tag genaue anatomische Studien, die sich mit dem Ergebnis der nächtlichen Sektion vergleichen ließ: Ein weitaus größeres Exemplar eines Vogel lag verendet am Wegesrand, der offensichtlich an Altersschwäche verstorben war, so dass sich die Flügelfunktion studieren ließ. Gelegentlich richteten sich Blicke des Volkes auf nicht alltägliche Handlungen. Sie lästerten oder bewunderten derartige Taten.

Bisher, so unterbrach die junge Frau ihre Schilderung, erwähnte ich nur das, was mir **Leonardo** im Verlauf unserer späteren Bekanntschaft erzählte. Ich lernte ihn während seiner männlichen Befreiungstat der Vögel auf der Piazza kennen. Ich war von seiner äußeren Erscheinung sehr beeindruckt.

Er war ein außergewöhnlich schöner Mann mit einer sehr guten Figur, der liebenswürdig und sehr geschickt in der Handhabung zu sein schien, und der mit großer Gewandtheit vermutlich auch das Schwierigste mit Leichtigkeit würde lösen können. Er hatte mich bemerkt und war sogleich über mein ihm offengezeigtes Entgegenkommen, mit scharfen Gedanken verbunden, irritiert. Später sagte er mir, es war ihm, als sei ein von Gott gesandter Engel mit schwarzen Haaren erschienen, als Mahnung, sich dem Altarbild zu widmen, um das die Mönche von Annunziata gebeten hatten. Aber eine derartige Frau in den Räumen der Ordensbrüder hätte wohl der Enthaltsamkeit widersprochen und wäre als sittenlos bezeichnet worden. Von **Leonardo** erfuhr ich später auch, dass **Papst Alexander VI.** zu Ausschweifungen neigte und skrupellos mit Gewalt und List die päpstliche Macht zur Versorgung seiner Kinder missbrauchte, und sich entgegen des seit mehreren hundert Jahren bestehenden Zölibats nicht nach dieser Regel richtete. Er hatte darüber Kenntnisse in Rom tätiger ehemaliger Kollegen aus der Werkstatt **Verrocchios,** dass der durch Korruption ernannte Papst mit seiner anerkannten Konkubine bereits uneheliche Kinder hatte. Andererseits durften Uneheliche nicht einmal studieren, auch wenn sie von der Geistlichkeit als gottbegnadete Künstler anerkannt wurden. Unsere Begegnung auf der Piazza hatte mich sehr verwirrt, ich glaubte fest an ein Wiedersehen. **Leonardo** war es dagegen klar, dass der Gedanke eines weiblichen Modells im Kloster Annunziata verworfen werden musste und so befasste er sich mit neuen Aufgaben. Nahe gelegene Orte ließen sich zu Pferde erreichen und dabei beobachtete Naturereignisse notieren. Es war sein Ziel, die Natur zu beobachten und deren Geheimnisse zu erforschen. Dann ließen sich die Zusammenhänge herstellen, bautechnische Militäranlagen erstellen, Festungen landschaftlich anpassen und architektonisch planen, und deren Ergebnisse im Notizbuch festhalten. Die kleinste Entdeckung konnte zu Neuerungen führen, unabhängig technischer Erfordernisse war die Erstellung von Kanalbauten zeitgemäß. Es galt zu prüfen und das rechte Maß zu finden, damit entwickelte Geräte und Maschinen für jedermann verständlich wurden.

Ich erinnere mich an sein Geständnis, wie gern er mir ein zweites Mal begegnet wäre. Sein Wunsch sollte nach kurzer Zeit in Erfüllung gehen, denn ich zählte zum Bekanntenkreis seines Vaters, der als lokaler Notar mit meinem Ehemann befreundet war. Wir lebten gewissermaßen nebenan, um die Ecke, kannten uns seit einigen Jahren. **Francesco del Gioconda** heiratete mich vor fünf Jahren. Ich war bis dahin **Lisa Gherardini**, wurde inzwischen eine rechtschaffende Ehefrau und Mutter eines Kindes. Nicht immer ließen sich Leonardos Wünsche realisieren. So war zwar über dem geheimen Treppenzugang des Klosters das Atelier erreichbar, aber die Ordensbrüder duldeten in ihren

Gemäuern keine weiblichen Geschöpfe. Er erzählte mir auch, mit welchen Mitteln er versuchte, mich in irgendeiner Weise für sich zu gewinnen und nutzte deshalb alle Möglichkeiten, die zum Erfolg hätten führen können. So schickte er seinen hochgeschätzten Mathematiker und Freund **Luca** vor, der beste Erfahrungen mit der vornehmen Damenwelt in Mailand erworben hatte, der sich sehr charmant gab und auf sonderbare Art Frauen auf sich aufmerksam machte, aber auch zu Ausschweifungen neigte, um sich persönlich zu vergnügen. Damals in Mailand mangelte es beiden Freunden nicht an weiblicher Nähe. Er war diesbezüglich also sehr nützlich und konnte folglich unauffällig meinen Lebenswandel erkunden. Nicht immer ging ich mit meinem Kind gemeinsam zur Piazza, um frisches Gemüse, Obst oder andere Köstlichkeiten zu kaufen. An verschiedenen Tagen ging ich auch allein, dann also, wenn mein Ehemann **Francesco** aus geschäftlichen Gründen nicht in der Stadt weilte.

Dieses Wissen ermöglichte es ihnen, sich mir vorsichtig zu nähern, zu beobachten und sich anschließend zeichnerisch mit mir auseinander zu setzen und das Gesehene und Erlernte gedanklich zu verarbeiten.

An einem Tag trafen sich unsere Augen. Wir wünschten offensichtlich gemeinsame Nähe, wir waren neugierig, wissensdurstig und dem entsprechend unsere Blicke. Meinerseits gab es kein bescheidenes Abwenden meiner Augen. Offen und direkt ließ ich ihn spüren, dass etwas Wunderbares in mir vorging. Mein Kleid war schlicht und unterstrich meine von ihm erwünschte Ausstrahlung. Es war in einer Einfachheit, wie sie selten von Florentiner Kaufmannsfrauen getragen wurden. Selbst der zur Normalität gehörende Schmuck fehlte und bei keiner Begegnung trug ich den Hochzeitring an meinem Finger. Ich wollte ihn mit weiblichem Geschick verzaubern, ihm Rätselhaftes aufgeben und wenn möglich auch hilflos machen. Wie **Leonardo** mir später gestand, waren Beide dadurch verunsichert und zogen sich zurück, mieden lange Zeit den Besuch der Piazza und **Luca** fühlte sich wegen seines Misserfolges fast krank. Hinzu kam die Aufforderung der Mönche, das vor langem in Auftrag gegebene Altarbild endlich zu beginnen. Obwohl Freund **Luca** davon nicht unmittelbar betroffen war, schien diese Mahnung sein körperliches Selbstwertgefühl und Wohlbefinden erheblich zu beeinträchtigen. Aber der kunsterhabene Geist **Leonardos** verspürte das nicht so, denn er schaffte bisweilen am meisten, wenn er am wenigsten arbeitete, nämlich in der Zeit, wo er Neues entdeckte und vollkommene Ideen reifen ließ, die dann der Verstand erfasste und seine Hände ausdrückten und formten.

In dieser Überbrückungszeit hatte mein Ehemann **Francesco** gute Geschäfte gemacht, so dass er auf mein Drängen hin bereit war, ein Porträt von mir in Auftrag zu geben. **Leonardo** hatte nach seinem Bekunden bereits im Geist die gereifte Formgebung gefunden und so wurde der Auftrag im Kloster Annunziata an der Grabstelle unserer Familie **Gherardini** erteilt.

Ich hatte zunächst das Ziel erreicht, **Leonardo** wiederzusehen, weil ich mit ihm allein zu sein wünschte. Aber er war von Frauen nicht verwöhnt worden, hatte dennoch mit seinem Freund **Luca** gemeinsam Weibliches kennen gelernt und sich für deren Schwächen zugänglich gezeigt. So fand unsere erste Begegnung nach offizieller Auftragserteilung nicht im Atelier des Klosters und auch nicht in unserem Hause statt. Es war ein Platz unter Bäumen am Rande der Stadt, dort, wo die Natur sich von der besten Seite zeigte. Unsere Augen blickten direkt, wissensdurstig voller Erwartungen. Ich schmunzelte zuweilen, und wie ich später von Leonardo erfuhr, war es aber eine andere Freundlichkeit, nicht die, welche ihn seinerzeit auf dem Marktplatz faszinierte. Das bei mir gesehene Lächeln wiederholte sich nicht in gleicher Form und so versuchte der **Malermönch,** der stets in der Nähe war und in unsicherer Situation eingriff, kleine

Komikeinlagen zu veranstalten in der Hoffnung, die von mir angeblich ausstrahlende eigenartige Liebenswürdigkeit nochmals einzufangen – aber vergebens. So entsprach die Begegnung nicht einem sonnigen Tag, sondern die entstandene Spannung zwischen uns hatte vielmehr den Beigeschmack eines völlig verregneten Tages.

Es war eine verzwickte Situation. Der unruhige Geist **Leonardos** dürstete bereits nach anderer Aufgabe. Er entzog sich zwar nicht der Verantwortung, aber möglicherweise beabsichtigte er bei der Gestaltung des Porträts einen anderen Weg.

# VENUSGÜRTEL

**L**eonardo berichtete mir später, dass es mit der Malerei nicht wie erwünscht voran ging. Phantastisch war dann der Vorschlag des Ordensbruders, der sich bereits als interessierter, wenn auch wenig begnadeter Künstler im Krankenhaus Nuova beteiligte, seine Klosterbrüder für anatomische Aufzeichnungen zu interessieren, allerdings mit der Maßgabe, dass bei dieser Untersuchung des menschlichen Körpers keine inneren Organe beschädigt werden durften. Damit wurde man dem Geistlichen Anspruch gerecht, auf die Unversehrtheit und Würde des Menschen zu achten. Anatomische Studien konnten demzufolge innerhalb des Klosters Annunziata vorgenommen werden. Dort war für wissenschaftliche Untersuchungen ein kleiner Nebenraum freigegeben, der sich direkt an die bisherigen Atelierräume anschloss.

Nun ließ sich die Arbeit auch bei besseren Lichtverhältnissen durchführen. Das sonst erforderliche Kerzenlicht wurde nur noch gelegentlich notwendig und gab zudem die Gewissheit, dass sich über den geheimen Zugang des Klosters kein unerwünschter Gast einfinden konnte. Damit war es möglich, Untersuchungen an alten Menschen, Frauen und Männern mittleren Alters und sogar an verstorbenen Kindern vorzunehmen. Proportionsstudien wurden so in vergleichender Anatomie vorgenommen.

Problematisch war die Beschaffung einer Leiche. Irdischen Beistand erhielten die Mönche in gewissen Abständen. So übernahmen sie Verstorbene ohne jeglichen Verwandtschaftskreis aus dem Leichenkeller des Krankenhauses und entlasteten sich somit vom Vorwurf möglicher Leichenschändung. Den Hin- und Rücktransport der Verstorbenen organisierten die an Studien interessierten Mönche.

Als Gegenleistung erwarteten die Ordensbrüder des Klosters das bereits seit langer Zeit bestellte, aber noch nicht begonnene

Altarbild. Diese Arbeit konnte zwar den Ruhm **Leonardos** mehren, aber wissenschaftliche Arbeiten, Studien und unbekannte mechanische Konstruktionen erschienen ihm wertvoller zu sein als irgend eine christliche Darstellung, die zwar dem religiösen Anspruch einiger gerechter wurde, aber ebenso auch von durchschnittlich begabten Künstlern hätte ausgeführt werden können.

Für ihn hieß es also abwarten, hinauszögern, sich nicht von Dingen ablenken zu lassen, die dem eigenen Bedürfnis widersprachen. Aus seiner Sicht musste nicht alles Begonnene auch unbedingt zu Ende geführt werden.

Es gab viel zu erforschen, auch auf dem Gebiet der Medizin. So galt der von Mönchen in Tonbehältern gesammelte Urin immer noch als normales Heilmittel für den Hals- und Rachenbereich, welches in kräftigen Zügen aus einem Becher getrunken wurde, um Entzündungen abklingen zu lassen. Ich erinnere mich noch sehr gut an Derartiges, welches ja auch mein Kind, aber selbst auch ich mehrmals hatte einnehmen müssen. Das war unsere normale Medizin und so genoss, zur Freude **Leonardos, Luca** diese nun schon zum wiederholten Mal mit einem Gefühl, als würde eine der allerschönsten Frauen ihm ein Getränk einflößen, das ihn vom Liebeskummer befreien würde, um sich ihm dann zuzuwenden."

Die dunkelhaarige Schönheit lehnte sich zurück und schaute gegen die Decke des Restaurants. Dann blickte sie mich an und fragte: „Wissen Sie was ein Venusgürtel ist? Ich werde es Ihnen erzählen." Sie sagte: „Ich zitterte damals vor Freude, als ich feststellte, dass **Leonardo** den Wunsch verspürte, mich wieder zu sehen. Ausgerechnet an dem Tag, als mein Ehemann **Francesco** eine erneute Geschäftreise antrat. Der **Malermönch** hatte das Vorhaben herausgefunden und über **Leonardos** väterliche Verbindung zu unserer Familie erfragt, ob ich zu einer Begegnung bereit sei. Da wir den Auftrag erteilt hatten, vereinbarten mein

Mann und ich, dass ich während seiner Abwesenheit ohne mein Kind als Modell zur Verfügung stehen könne.

**Der Malermönch**, ein gut aussehender Mann mit hellblauen Augen und leicht angegrautem Haar war in Florenz nicht unbekannt. Nach seiner äußeren Erscheinung zu urteilen konnte er nördlich der Alpen geboren worden sein. Er war sehr zuverlässig und folglich erschien er pünktlich zur verabredeten Zeit an der vereinbarten Stelle, um mich abzuholen. Ich war sehr schlank, jung, dunkelhaarig und verheiratet mit einem der angesehensten Kaufleute der Stadt, deshalb waren wir auf unserem Weg neugierigen Blicken ausgesetzt. Ich genoss sichtlich die Aufmerksamkeit der Öffentlichkeit, während der **Malermönch** in meiner Begleitung Schritt für Schritt sein Selbstbewusstsein verlor und endlich froh war, am vereinbarten Ziel außerhalb der Stadt angekommen zu sein. **Leonardo** erwartete mich schon ungeduldig. Als ich ihn wiedersah und ihm gegenüberstand bewunderte ich ihn mit hungrigen, wissensdurstigen Blicken. Es war die außergewöhnliche Schönheit des Mannes, die ich schon auf der Piazza entdeckt hatte, und der mich nun malen sollte. Es war, als wenn der Blitz in uns einschlug. Wir fühlten uns plötzlich frei, einem Vogel gleich schwebten wir in der Luft, zum Himmel. Ich konnte nicht anders. Mit zarten, schlanken Fingern streichelte ich seinen wohlgeformten Körper. Ich spürte, wie sich mein Gesicht veränderte, ihn mein weiblich zurückhaltendes Wohlwollen fesselte und dieses Lächeln hatte sich ihm unauslöschlich ins Gedächtnis eingeprägt. Es machte unser Zusammensein genüsslich. Wir spürten es, wir verlangten nach mehr, sehr viel mehr, nach vollkommener Liebe, die uns jedoch verwehrt wurde.

Erfahren genug blieb es **Leonardos** anatomisch geschultem Auge jedoch nicht verborgen, dass sich unter meiner anspruchslosen, von mir geschickt drapierten Kleidung sich Wahrnehmbares befand.

Ich trug, wie alle Frauen der Stadt während der Abwesenheit

unserer Ehemänner, um den Unterleib einen verschlossenen Keuschheitsgürtel. Unsere beiderseits gewollte Nähe erhielt einen erheblichen Rückschlag, aber was sollte ich machen?

**Leonardo** hatte für diese unzeitgemäße Vorgabe kein Verständnis. Aber im Widerspruch zur beginnenden kulturellen Erneuerung der aufstrebenden Stadt Florenz war Derartiges noch weit verbreitet und so musste auch ich mich dieser Pflicht unterziehen.

Unstetig, immer bereit sich anders zu entscheiden, flossen deshalb Verse in den sonnenumfluteten Raum der Liebe. Es waren Verse, erdacht zum Klang der Laute. Angesichts unerfüllter Liebe flossen nun aus seinem Mund unaufhaltsam Variationen kleiner Reime zu Erzählungen zurückkehrender Kaufleute aus nicht christlicher Welt.

Mit überragender Schöpferkraft folgten Strophe an Strophe, in denen auch damals gegenwärtig Böses hinein floss. Sie handelten von der Macht der Mächtigen, der Liebe oder vom Tod der Krieger, sowie Verse über Mailands Kampf gegen den französischen Feind:

- vom unseligen, schändlichen Brauch der Beschneidung der Sexualorgane junger Frauen.

- von der Überlieferung jahrhundertalter, traditionsbeladener bevormundeter Frauen, aus purem Gold feinste Schmuckmedaillons um den Unterleib zu tragen.

- vom Brauch, der die junge Frau verpflichtete, den zuvor sorgsam gehüteten Goldschatz nach der Eheschließung umgearbeitet öffentlich zu tragen, als Zeichen männlicher Macht und weiblicher Gehorsamkeit.

Ich lauschte damals empfindsam und nachdenklich den Klängen, die eigens zu den Versen improvisiert von unseliger Tradition und Überwindung des Mittelalters erzählten.

Aber ich war maßlos enttäuscht, hatte ich doch insgeheim erhofft, dass sich das verpflichtende Unliebsame von seinen geschickten Händen öffnen und unbemerkt wieder schließen ließe.

Ich wartete ab und fragte mich, was würde geschehen, nachdem er seine Laute beiseite gelegt hatte und sich mir nähern würde. Mein Gefühl, ihm unrettbar ausgeliefert zu sein, ließ ein Schauern über meinen Rücken gleiten, denn ich war zu allem bereit. Aber die Zeit verging, er wiederholte sich mit seinen Klängen und fand offensichtlich an seinen Versen wesentlich mehr Gefallen als an dem Gedanken, sich intensiver mit mir zu beschäftigen. Im Gegenteil, **Leonardo** hatte sich dem Umstand entsprechend angepasst, sich mit der Gegebenheit abgefunden und ließ die weitere Zeit musizierend verstreichen. Als er endlich seine Laute beiseite legte, wagte ich ihn nicht anzusprechen. Eigentlich hätte er als Mann die Initiative ergreifen müssen, aber er tat das nicht. Er ging vielmehr ziellos umher und war gedanklich vermutlich bereits in einer anderen Welt.

Der herannahende Abend mit stets eintretender Windstille bei Sonnenuntergang machte den Kreislauf der Natur wieder bewusst. So begannen die Vögel mit ihren Gesängen, ersetzten auf ihre Weise zuvor Gehörtes und erinnerten an bevorstehende Aufgaben.

**Leonardos** künstlerische Arbeit wurde vom unselig andauernden Kampf zwischen Florenz und Pisa beeinträchtigt. Mochte die bildnerische Aufgabe noch so reizvoll sein, sie konnte im Krieg die Überlebenschancen nicht verbessern. Es bedurfte der Errichtung uneinnehmbarer Festungsgräben, der Konstruktion neuer Kanonen und anderer Kriegsgeräte, die den Verlauf des Kampfes günstig beeinflussen sollten.

Es wurde Zeit, sich dieser Aufgabe zu widmen, so dass der **Malermönch** mich im Schutz der Dunkelheit zu meinem Kind nahe der Piazza gelegenen Wohnung brachte.

An irgend einem Tag fragte **Leonardo** verzweifelt: „Was sollte ich damals machen? Ich fühlte mich verlassen, war einsam und so breitete sich in meinem Innern eine Unruhe aus.

Aber dennoch beflügelte mich der Rückweg zur geheimen Treppe des Klosters, denn in meinem Gedächtnis war dein genaues Abbild vorhanden. Ich hatte dich naturgetreu erfasst, konnte zur Ausführung des Gemäldes jederzeit Formen, Farben, Proportionen und andere künstlerisch notwendige Erfordernisse, auf das richtige Format bezogen, abrufen. Die in zahlreichen Studienblättern vorhandenen Erfindungen erforderten ihre praktische Anwendung."

# ATELIER

Zur Verwirrung der Ordensbrüder befand sich in der Nähe des geheimen Treppeneingangs eine sorgsam ausgesuchte Holztafel in nicht allzu großen Maßen, die für ein neues Gemälde geeignet schien, sich demzufolge also nicht für die Vorbereitung des von ihnen bestellten Altarbildes eignete.

So blieb in den Folgetagen abzuwarten, was sich zukünftig vor ihren Augen abspielen würde, denn **Leonardos** unruhiger Geist war nicht einschätzbar und in von ihnen gelenkte Bahnen einzufügen.

Neugierig erlebten sie den ersten Schritt der neuen Aktivität. „Das Holz wurde mit selbsterstelltem Tierleim eingestrichen und mit feinster Leinwand versehen, die nach einer bestimmten Wartezeit des Trocknens zu einer völlig glatten Ebene wurde. Dieser Arbeitsgang war erforderlich, um die gute Grundlage einer einwandfreien Maltechnik zu erhalten, die seit vielen Jahren von alten Meistern erprobt und von Malergeneration zu Malergeneration weiter vererbt wurde, und die nun als Temperatechnik zur Anwendung kommen sollte. In der Werkstatt des Meisters **Verrocchio** war diese Technik bereits in bester Malertradition den Schülern vermittelt worden. Die Emulsion bestand aus Tierischem Leim, welcher sich als Untermalung für ein Ölgemälde besser eignete als Pflanzenleime. Die frühen Malermönche verwendeten bereits in uralter Zeit altbewährte Eitempera. Ihre Bilder waren in unzähligen Klöstern vorzufinden, also noch bestens erhalten und dienten so als Qualitätsbeweis."

Hier hielt sie inne, sie bestellte noch zwei Glas Rotwein, um mir gleichzeitig die Sorge zu nehmen, diese bezahlen zu müssen. Sie sagte: „Ich bin so froh, jemanden gefunden zu haben, der so aufmerksam und geduldig ohne Abneigung gegenüber den künstlerischen Maltechniken zuhört. Der Verfall künstlerischer Techniken im zwanzigsten Jahrhundert ist derart erschreckend, dass die Künstler der Renaissance die gegenwärtige Norm als Gotteslästerung verstehen würden. **Leonardos** Bestreben galt dagegen stets dem Ziel der Vollkommenheit, welches auch handwerkliche Techniken mit einbezog, sie sogar als unerlässliche Grundlage betrachtete. In diesem Sinne werde ich Ihnen, falls Sie noch die Kraft und den Wunsch haben, einiges erzählen: So verhinderte die Anwendung dieser bewährten Maltechnik, dass aufgetragene Ölfarbe in die saugbegierige Leinwand einzog und den Farbton veränderte. Im dann folgenden Arbeitsgang erhielt die vorgeleimte Leinwand dünn aufgetragenen weißen Gips, der alle nachfolgenden Farbaufträge gut haften ließ. Der erforderliche Trocknungsprozess war für **Leonardos** unruhigen Geist, der sich in allen künstlerischen Techniken hervorragend auskannte und auch Nichtkünstlerisches, Unbekanntes erforschte, eine nervenaufreibende Sache. Denn das langandauernde Warten verleitete ihn dazu, Vieles zu beginnen und Begonnenes sehr bald wieder liegen zu lassen. Dagegen waren Einflüsse der Natur viel zu interessant. Sie boten Unbekanntes, menschlich bisher nicht Erfasstes als Lösungswege an, die es zu erkunden und technisch anzuwenden galt. Handwerkliches wurde vom **Malermönch** des Klosters Annunziata übernommen, der nach völliger Durchtrocknung des Gipsgrundes die weitere Bearbeitung der Malfläche vornahm, die anschließend sorgfältig zu schleifen und zu schaben war, damit sich im späteren Verlauf der Malerei alle feinstmöglichen Farbabstufungen ohne unvorhergesehene Komplikationen vornehmen ließen. **Leonardos** Tag begann wie stets unruhig. Sein Geist drehte sich und rief dabei gleichzeitig viele Dinge in Erinnerung. Das war ein täglich erneut erscheinendes Phänomen, welches sich erst nach einer gewissen Zeit ordnen ließ und Prioritäten setzte. Seine vorgesehene Arbeit glich dem Start eines Vogels, der mit entgegengesetzten Windverhältnissen konfrontiert sich letztlich für die ihn günstigste Startrichtung entschied." Wir wurden in unserem Gespräch von einem

Zeitungsverkäufer unterbrochen, der entgegen sonst üblicher Schlagzeile aus der Politik ausnahmsweise mal ein Kunstthema präsentierte: „Eine Million Besucher sahen bisher das Bildnis der **Mona Lisa** im Museum Louvre!" Meine gegenübersitzende Schönheit lächelte, aber sie sagte: „ Eigentlich müsste die Schlagzeile lauten: In Paris sitzt ein Student, der sich für die Maltechnik der Renaissance interessiert." Ich war verlegen, deshalb überbrückte sie die Situation, indem sie von ihren Begegnungen mit **Leonardo da Vinci** berichtete und sagte: „**Leonardo** hatte mit seinem Freund **Luca** ein tiefgründiges Gespräch über bisher unbekannte geometrische Erkenntnisse geführt. Es schien so, als ließe sich einiges davon künstlerisch umsetzen, sich möglicherweise sogar in der Malerei anwenden. **Luca** hatte die Frage der künstlerischen Behandlung der Geometrie in der Malerei nicht beantworten können, es war alles noch viel zu verwirrend gewesen. Dem kühlen Rechner und Wissenschaftler war trotz scharfsinnigster Klugheit die notwendige Umformung bildnerischer Gestaltung noch verwehrt."

„**Luca** war ein Mann, der die Wissenschaft der Kunst sehr würdigte, sich selbst aber nicht als „Augenmensch" betrachtete. Diese Fähigkeiten waren nun mal erforderlich, um Meisterwerke der bildenden Kunst erschaffen zu können. Seine Begabung verpflichtete ihn, wenn auch in der Disziplin der Mathematik, Geheimnisse der Natur zu erforschen und diese Gemeinsamkeit des Forschens und Denkens begründete ihre jahrelange Freundschaft, die zu beiderseitiger fruchtbarer Arbeit führte.

Ihre gemeinsame Arbeit waren die Berechnungen am „Goldenen Schnitt". Sie hatten die seit mehreren hundert Jahren vererbten Regeln der Malerei mit wissenschaftlich begründeter Norm konfrontiert und damit neue Wege eröffnet. In diesem Sinn war jede neue bildnerische Arbeit zu überdenken, war flüchtig Hingeworfenes zu überprüfen und in geordnete Bahnen zu lenken. Da sich schon die antike Architektur mit dem

Verhältnis zweier zueinander stehender Strecken befasste und nach bestimmten Regeln Baukörper harmonisch erstellte, war auch die Anwendung derartiger Gesetzmäßigkeiten in der Malerei möglich, sowie auf andere bildende Künste zu übertragen. Das Maßverhältnis des „Goldenen Schnitts" war dabei als nützliches Konstruktionselement anzuwenden: Eine Strecke von acht Teilen wurde dann als harmonisch bemessen, wenn sie sich im Verhältnis von drei Teilen zu fünf Teilen befand. Gemäß dieser Regel wurden auch andere Streckenmaße oder Flächenanteile an ein zu gestaltendes Bild ausgerichtet. Entsprechend bereits vorhandener Vorgaben und handwerklicher Anforderungen begann der künstlerische Gestaltungsprozess.

Der Tag war zwar noch frühjahrskühl, wurde aber dennoch als angenehm ruhig empfunden, also durchaus dazu geeignet, sich im Kopf Befindliches in zartester Darstellung auf die bereits vom **Malermönch** vorbereitete Malfläche aufzutragen.

Zart, für ungeübte Augen fast unmerklich, wurde von **Leonardo** zunächst das architektonische Gerüst des Bildes eingeteilt, waren die Proportionen zu ordnen und geringe Ansätze der Formen an entsprechender Stelle einzufügen. Das Maßverhältnis war zu prüfen und mit dem später beabsichtigten Ergebnis abzustimmen.

Das Porträt selbst bedurfte zunächst nicht einer unbedingten Ähnlichkeit der Darzustellenden. Es ging in der Vorzeichnung lediglich um den Gesamtaufbau des Bildes, also der Figur und der Andeutung eines Hintergrundes, der sowohl landschaftlichen als auch anderen Attributen freien Raum gab und im Gesamtgefüge einen überzeugenden Zusammenklang erzeugte.

Dazu bedurfte es zu gegebener Zeit einer Kontrolle der als Porträt Darzustellenden mit den bisher auf weißem Gipsgrund gezeichneten Formen, um hinsichtlich ihrer Ähnlichkeit Wesentliches überarbeiten zu können."

„Daran erinnere ich mich sehr gut" sagte meine Tischgefährtin. Ich schaute sie ungläubig an. Noch ist ihre Geschichte für mich zwar sehr reizvoll anzuhören, aber so zu tun, als wäre sie selbst **Mona Lisa** und als hätte sie den gesamten Entstehungsprozess des Gemäldes wirklich mitgemacht, klingt doch vielmehr nach dem Bedürfnis der Wichtigtuerei. Sie lacht! „**Leonardo** wartete vergebens. Ich ging einfach nicht zu ihm, ich spielte lieber mit meinem Kind und hatte nicht die Absicht, mich der Laune eines angeblichen Genies zu fügen. Er war noch nicht einmal in der Lage gewesen, meinen Keuschheitsgürtel zu öffnen und unbemerkt wieder zu verschließen. Es gab seinerzeit viele Männer, die diesbezüglich wesentliches Geschick bewiesen hatten, aber sie hätten sich deshalb niemals als Genie bezeichnet. Sie waren sogar darauf spezialisiert und setzten damit den Ehemännern Hörner auf." **Leonardo** wartete also vergeblich, sein Modell erschien nicht wie verabredet. Vermutlich hatte **Lisa** aus seiner Sicht lediglich eine nebensächliche Verhinderung, die aber den künstlerischen Fortgang der Arbeit negativ beeinflusste. Ihn beschäftigten deshalb Gedanken über weibliche Eitelkeit, z.B. Schwierigkeiten bei der Wahl der Kleider oder des Schmucks. Während der Wartezeit belastete dieses sein Gehirn. Aber es gab Wichtigeres zu arbeiten, als den noch bevorstehenden Tag sinnlos zu vergeuden. Folglich begann er, sich weiterer wissenschaftlicher Arbeit zu widmen, so dass er die mit bestem Gipsgrund versehene Malfläche, vorsorglich in feine Tüchern gehüllt in den Nebenraum des Ateliers verlagerte.

Dieser Entschluss bereitete dennoch Ärger und belastete das beabsichtigte Vorhaben in ungewohnter Weise, so dass der **Malermönch** sich einschaltete und das Haus des **Francesco del Gioconda** aufsuchte, um darzulegen, dass die Überprüfung des Porträts unbedingt erforderlich sei und keinen weiteren Aufschub erlauben würde. Der **Malermönch** war aber derart schüchtern, dass es für mich schon ein Vergnügen war, ihn auf dem Weg zum Kloster Annunziata zu begleiten. In einfachster Kleidung kam ich zu **Leonardo,** um damit die Kontrolle seiner bisherigen Vorzeichnung zu ermöglichen. Ich entschuldigte mich vielmals und nannte private Gründe, dass ich wegen einer schmerzhaften Fußverletzung meines Kindes das Krankenhaus hatte aufsuchen müssen. Aber das stimmte nicht. Ich kam diesmal ohne Keuschheitsgürtel. Mein Mann war nicht verreist und ahnte meine Gelüste nicht. **Leonardo** hätte an diesem Tag mit mir ein leichtes Spiel haben können. Aus weiblicher Sicht war er ein männlicher Trottel. Oder war er eventuell doch mehr in seinen Freund verliebt und fürchtete sich vor weiblichem Entgegenkommen? Er sah doch angeblich alles, auch, ob das weibliche Geschlecht unter der Kleidung um den Unterleib einen Venusgürtel trug. Ich hatte mich auf ein Abenteuer vorbereitet, stattdessen erhielt ich nur eine Erklärung darüber, wie er das Bildnis zu gestalten denkt."

Ich verstand nichts, aber er sagte: „Die Umstellung von einer normalen Porträtmalerei herkömmlicher Form zu neuen Wegen, unter Berücksichtigung ernsthaft erarbeiteter geometrischer Erkenntnisse, lässt das gesamte Bildnis aus einer anderen Blickrichtung erscheinen. Es geht jetzt nur noch darum, Kunst und Wissenschaft so zu vereinigen, dass sich letztlich ein überzeugendes Gesamtwerk ergibt und die anfangs gewollte Ähnlichkeit der Darzustellenden in neuartiger, bisher unbekannter Weise als Bildnis zu erfassen."

„Halt stopp! Was soll das? Ich habe nichts verstanden! Sind Sie eine Schauspielerin? Ihre vorher gezeigte blondierte Aufmachung ließe darauf schließen. „Jetzt sind Sie wunderschön schwarzhaarig zum Verlieben und liefern nur einen Text ab, der wie auswendig gelernt wirkt und in irgend einer kunsthistorischen Filmschnulze vorkommen könnte?" Sie entgegnete: „Nein, nein, bitte warten Sie ab. Ich werde Ihnen Dinge erläutern, die sich Filmregisseure gar nicht ausdenken können, weil sie ein bildnerisches Werk, also das Bildnis der **Mona Lisa** nicht zu analysieren verstehen. Diese Leute haben andere Fähigkeiten. Sie verstehen ihr Handwerk zwar ausgezeichnet, um aber die versteckten Geheimnisse einer Malerei zu verstehen sind andere Kenntnisse erforderlich. Ich erhielt diesen Einblick aus erster Hand, von **Leonardo** persönlich."

Ich rückte meinen Stuhl zurecht, streckte meine Beine aus und ließ einiges über mich ergehen, denn ich hatte mich inzwischen in diese wunderbare Frau verliebt. Ob sie das bemerkte, weiß ich nicht.

Ihr schien es darum zu gehen, **Leonardos** Wissen weiterzugeben, indem sie ihn so reden ließ, wie sie es von ihm vernommen hatte:

„So sind zwar alte, sehr bewährte Techniken der Malerei weiterhin verbindlich anzuwenden, aber das künstlerische Prinzip der Erneuerung bleibt davon unberührt. Technisch bedeutet das die Verstärkung der erneuerten Konturenzeichnung auf dem gut präparierten Gipsgrund mit Tusche in der Weise, dass nach Verwendung der Imprimitur die Tuschzeichnung vollkommen sichtbar bleibt. Sehr vorteilhaft ist eine Imprimitur in Eitempera mit Dammarfirnis überzogen, weil sie dann nicht durch weitere Lasuren aufgelöst werden kann. Alle über dem Grund stehen bleibende Lasurfarbe wurde mit dem Lappen abgewischt. Der Imprimiturton war mager und glänzte kaum. Es arbeitete sich auf ihm wie auf Tonpapier. Nun ergab sich nach völliger Durchtrocknung die Grundlage, um auf das Trockene die Lichthöhung mit Temperaweiß, beginnend vom höchsten Licht in Fleischfarben, dem Gewand und Hintergrund entsprechend der beabsichtigten Gestaltung, vorzunehmen. Der erste dünne flächige Ton, über das ganze Bild ausgebreitet, wurde nachher im Licht ohne höchste Lichter verstärkt. Entgegengesetzt durften keine größeren Tiefen im Schatten entstehen. Schritt für Schritt ließen sich so alle notwendigen Formen farblich aufeinander abstimmen, Lichter erhöhen und Schatten dementsprechend vertiefen. Diesem Gesamtgefüge gehorchend konnten Porträts nicht mehr unbedingt der Modellvorgabe entsprechend sein."

Meine Unterbrechung kam jetzt wohl zur rechten Zeit. Ich brauchte Luft zum Atmen und lud sie deshalb ein, mit mir ins Freie zu gehen. Sie willigte ein, es war bereits spät geworden und mein Kopf brummte. Es war weniger das Kunstgeschichtliche als vielmehr der ungewohnte Wein, der mir Schwierigkeiten bereitete. Ich sagte etwas zungenschwer: „Sie sehen jetzt anders aus als vorhin im Restaurant." Sie verstand das genau richtig. Offensichtlich hatten sich bestimmte Merkmale in den letzten fünfhundert Jahren zwischen Mann und Frau nicht verändert, denn ihre zarten, schlanken Hände hatten mich schon zuvor erfasst, es war ihr von mir unbemerkt gelungen, meine Hände unkontrollierbar zu machen, die von ihrem feinsten Haar fest an meinen Körper gebunden waren. Siegessicher lächelte sie mich an. Ich sah mich im Geist in diesem Moment vor dem eingerahmten Bildnis der **Mona Lisa** stehend und sagte nur noch: „Bitte, gehen wir zurück ins Restaurant und erzählen Sie mir Weiteres aus Ihrer Zeit mit **Leonardo da Vinci**."

Obwohl es mir viel weiter entfernt vorkam, standen wir nur zwei bis drei Schritte von der Eingangstür entfernt. Eintretend sahen wir, dass sich in der Zwischenzeit andere Gäste an unserem Tisch niedergelassen hatten. Wir entschlossen uns deshalb, an einem anderen Ort unser bisheriges Gespräch fortzusetzen. Sie fragte, ob es vielleicht möglich sei, dass wir gemeinsam in mein Hotel gehen könnten? Ich musste ihr gestehen, dass ich als armer Student keine Hotelkosten zahlen könne und deshalb in meinem Auto schlafe. Ich hatte damals einen 2CV Citroen, der zwar einem jungen Bildhauer viel Komfort bot, der aber nicht geeignet war, um zu Zweit dort die Nacht zu verbringen. Sie verstand das sehr wohl, zeigte aber keinerlei Bereitschaft, mir Gegenteiliges, vielleicht eine Pension, anzubieten.

Ich schlug deshalb vor, die Nacht in den Straßen von Paris zu verbringen und das gelang uns gut, trotz überwältigender Müdigkeit bis zum Morgengrauen.

Unerwartet berichtete Lisa, wir hatten uns auf diese Namensnennung geeinigt, dass **Leonardo** einmal zu ihr gesagt habe:

„Ein unausgeschlafener Mensch wird von seinen Mitmenschen anders gesehen als ein wach erscheinender. Beiläufig verändert sich während der Porträtmalerei über die Arbeitsdauer hinweg auch sein Gesichtsausdruck."

Oh weh, dachte ich völlig übermüdet, diese Frau ist derart kunstbeflissen, das bringt mich noch um. Sie redete aber weiter:

„**Luca Pacioli** waren diese Probleme ebenfalls bekannt, denn er hatte als Schüler des berühmten Malers **Piero della Francesca** mathematische und künstlerische Unterweisung erhalten. Seine Proportionsstudien befassten sich mit der Einteilung des Kopfes. So setzte er ein gleichseitiges Dreieck in ein Quadrat und unterteilte das Entstandene nochmals in drei senkrecht verlaufende Flächen. In dieser Konstruktion war die natürliche Form eines Kopfes eingezeichnet. **Leonardo** beabsichtigte aber nicht, sich vom Quadrat, Dreieck oder Kreis einen Zwang auferlegen zu lassen. Seiner Kenntnis entsprechend waren Formen der Geometrie zwar erforderlich, sie mussten sich aber mit der bildnerischen Absicht von Licht und Schatten verbinden lassen."

**Lisas** Geschichten machten mir inzwischen wieder Spaß anzuhören. So erzählte der **Malermönch** während einer Begleitung zu ihrer Wohnung folgendes:

„**Leonardo** hatte das begonnene Gemälde unbeaufsichtigt gelassen und so leisteten sich während seiner Abwesenheit **Luca** und der **Malermönch** einen Scherz. Sie veränderten auf dem Bildnis heimlich den Augenwinkel des Gesichtes, indem sie ihn geringfügig dem Fluchtpunkt der landschaftlichen Perspektive anpassten. Sie beabsichtigten herausfinden zu wollen, zu welchem Zeitpunkt **Leonardo** diese zu unrecht geschehene Veränderung bemerken würde. Sie betrachteten den Vorgang als einen harmlosen Spaß unter Freunden. Von diesem Scherz und den Problemen künstlerischer Arbeit ahnte ich damals nichts. Ich erschien nun täglich zur vereinbarten Zeit, war wohl für die Kunstbeflissenen stets liebenswert anzusehen und duldsam. Ich spürte den Ernst des schaffenden Künstlers, der bei seiner Arbeit nicht unterbrochen werden wollte. Dennoch belächelte mein künstlerischer Unverstand zuweilen **Leonardo** angesichts seiner Bemühung, das Bildnis geometrisch zu ordnen. Aber seine schönen schlanken Hände, die sorgfältig ein wenig Farbe mischten, um diese irgendwo unsichtbar mit dem Pinsel aufzutragen, faszinierten mich. Ich sah, die Arbeit verlangte seine höchste Konzentration. Es war völlige Stille. Nur gelegentlich hallten Schritte auf den Steingängen des Klosters.

Freund **Luca** hatte es den Mönchen abgerungen, dass die Malerei im Atelier vorgenommen werden konnte. Es war keine leichte Überzeugungsarbeit des Freundes gewesen, der gelegentlich hinzukam, um stillschweigend den Fortgang der Arbeit zu bewundern. Oder kam er vielleicht auch nur um zu sehen, wie **Leonardo** gestalterisch mit dem heimlich veränderten Augenwinkel umging?

In **Lucas** Augen erstrahlte gelegentlich etwas, das sich vermutlich nur in seinem Gehirn abspielte und das eventuell mit der vorgehenden Bildveränderung in keiner Beziehung stand. Sollte er schon früher als **Leonardo** mein persönliches Geheimnis entdeckt haben? Irrte ich mich oder ist es den beiden anwesenden Männern schon länger bekannt, dass ich demnächst nicht mehr als Modell zur Verfügung stehen werde, nämlich dann, wenn mein Kind geboren und ich aus familiären und zeitlichen Gründen nicht mehr als Modell zur Verfügung stehen kann?"

Ich unterbrach mit der Frage: „War die Geburt eines Kindes zu damaliger Zeit nicht eine gefährliche Angelegenheit für die werdende Mutter?"„Ja sicher," antwortete sie, „aber was wollte ich machen? Frauen galten in unseren Regionen nichts, sie waren Gebärmaschinen, die gelegentlich unbrauchbar wurden. Es gab genügend Männer, die das bewusst einkalkulierten und sich bereits im voraus, sogar in Freundeskreisen, stets junge Frauen reservierten." „Wie ging das weiter?" fragte ich neugierig.

„Hatte **Leonardo** meinen Zustand erkannt? Denn unerwartet erklärte er die Arbeit noch im Anfangsstadium befindlich und sie werde erst in späterer Zeit fortgeführt werden. Ohne weitere Angabe von Gründen wurde ich höflich, aber sehr bestimmt aus dem Atelier über den geheimen Treppenausgang ins Freie geführt. Für mich war das ein unbegreiflicher Vorgang, von Männern verursacht, die gemäß ihres Ansehens einer derartigen Handlungsweise eigentlich nicht würdig waren. Ich ging und schwieg, war aber über ihre Vorgehensweise sehr verbittert."

Erst viel später erfuhr ich aus dem Mund des **Malermönchs** den Grund ihrer Handlung: „Wegen dieser Verhaltensweise mir gegenüber gab es zwischen den Männern gegenseitige Vorwürfe, so dass sie kurz vor der Trennung ihrer langjährigen Freundschaft standen. Es stellte sich heraus, dass sie Opfer beiderseitiger Eifersucht waren. **Luca,** der sich als Franziskaner nicht so streng der gebotenen Glaubensrichtung unterwarf, hätte gern auch in Florenz einen freizügigen Lebenswandel geführt wie bereits in Mailand geschehen, und ich war seine Auserwählte. Ich bin heute noch darüber traurig, dass keiner der Beiden den Mut hatte, sich bei mir zu entschuldigen. Ich weiß rückblickend nicht genau, ob möglicherweise **Luca** nicht sogar der richtige Mann für mich gewesen wäre, denn meine Ehe verlief nicht so glücklich wie ich es erwartet hatte.

Vom **Malermönch** erfuhr ich viele weitere Begebenheiten über meine beiden Künstler und ihre Tätigkeiten im Kloster. Er war mir wohl ebenso zugetan wie diese und er näherte sich mir gern auf der Piazza mit Neuigkeiten. In freizügigster Kleidung gewährte ich die ihm sonst verborgene Weiblichkeit, denn er war auch nur ein bemitleidenswerter, zur Enthaltsamkeit gezwungener Mann. So berichtete er mir in der Stadt:

„Über dem geheimen Zugang zum Kloster wurde ein sorgsam in Decken gehüllter weiblicher Leichnam in **Leonardos** Atelier getragen. Es war eine junge Frau, deren äußere Erscheinung eine Kindserwartung vermuten ließ. Die Frau hatte sich selbst getötet, damit auch dem Kind das Leben genommen. Die Geistlichkeit war dem gegenüber sehr zurückhaltend eingestellt, würde ein normales, der Glaubenslehre entsprechendes Begräbnis nicht durchführen. Auch sahen sie in der veränderten Körperform mit den Rundungen im Bauchbereich ein Werk des Teufels, obwohl die Natur, entgegen der von ihnen selbst auferlegten Form ihrer Lehre eine gegenteilige Grundwahrheit hatte.

Sie begriffen nicht, dass ein Naturgesetz, weder in Wort, Schrift oder Tat von einem kirchlichen Dogma veränderbar war, es sei denn durch bewusste Herbeiführung eines unnatürlichen Todes. Der **Malermönch,** der sich bereits in Sachen organisatorischer Fragen besonders gut auskannte, bereitete schon im eigens für Sektionen bereitgestellten Ateliernebenraum des Klosters alle erforderlichen Utensilien vor.

Nach rascher Einlieferung der Selbstmörderin, die im ersten

Augenblick des Betrachtens eine gewisse Ähnlichkeit mit mir aufwies, ergaben sich doch deutlich andere Merkmale des Körpers, der sich bei genauer Betrachtung vor allem hinsichtlich des Alters unterschied. Diese Frau war um einige Jahre älter und sollte nach Auskunft der Mönche die Frau eines bei kriegerischer Auseinandersetzung mit Landsknechten Getöteter sein. Vermutlich nicht mehr den Problemen des Alltags gewachsen, wählte sie augenscheinlich den Freitod. Bei der nun beginnenden Öffnung der Leiche, es war nur noch der auch sonst üblich beteiligte **Malermönch** anwesend, ging es nicht wie sonst um die Erkundung der Oberflächenbeschaffenheit von Muskeln und Sehnen, sondern der Eingriff sollte einen Schritt weiter gehen. Es ging nämlich jetzt um die Öffnung des Mutterleibes, die von der Geistlichkeit besonders streng unter Strafe stand.

Proportionen und andere Formen in einem gewissen Stadium des embryonalen Zustands galt es zu erforschen und möglichst genaue Aufzeichnungen zu machen. Bisher waren derartige Untersuchungen, so weit bekannt, von Anatomen noch nicht durchgeführt worden, zumindest lagen keine Informationen dieser Art vor. Das ist entsprechend dem Dogma der Kirche verständlich, die alle Dinge, die ihrem Anspruch nicht gerecht wurden, ablehnte.

Beim Sezieren des Mutterleibes wurde jede Körperschicht behutsam mit feinstem Seziermesser getrennt, und soweit unter der Oberfläche keine anderen Ergebnisse zu erkennen waren, blieb auch das sonst für zeichnerische Skizzen stets vorhandene Notizbuch abseits liegen. Jeder weitere Schnitt kam dem bisher Unbekannten näher. Das völlige Öffnen der Bauchhöhle ließ einen Embryo im mittlerem Lebensabschnitt erkennen, so zumindest vermuteten die anatomischen Neulinge und Forscher. Nachdem der embryonale Leichnam entnommen, vom Blut befreit den Beteiligten vorlag, vermuteten sie eine missgestaltete Körperform, ein ihnen unerklärlich erscheinendes Etwas.

Der anwesende **Malermönch** begab sich in ein Gebet. Er beeinflusste den Franziskaner und Mathematiker **Luca** zu gleicher Handlung, die auch dem erhabenen Künstler **Leonardo** bei seiner Arbeit Zurückhaltung auferlegte. Das Ungeborene war einem Wunder gleich. Unter diesem gewaltigen Eindruck ließen sich keine der sonst üblichen Zeichnungen erstellen, das war allzu göttlich. Die Beteiligten entfernten sich und überließen die Rückführung der Frauenleiche den Mönchen.

Dem ausgeprägten „Augenmensch" **Leonardo** hafteten die gewonnenen Erkenntnisse sehr im Gedächtnis und das, was zeichnerisch dargestellt werden konnte: Der sezierte Körperteil war von innen nach außen aufgebaut. Zuerst waren die Knochen zu zeichnen, dann das Skelett mit den Bändern. Muskeln wurden hinzu gefügt und die Sehnen darüber gelegt. Dann folgten Nerven, Venen und Arterien, und zum Schluss die Haut. Bei der künstlerischen Gestaltung eines Bildwerkes wurde diese logische Reihenfolge auch von Bildhauern und Malern beachtet, denn der gleiche Körperteil unterschied sich beim Greis, dem jungen Menschen oder Kind lediglich in seinen Proportionen in der Länge, Dicke und Breite. Der menschliche Organismus wurde von **Leonardo** wie eine Maschine untersucht, die man analysieren konnte. So wurden die sezierten Köperteile in der technischen Darstellung nicht nur von Künstlern, sondern auch von Ingenieuren und Architekten strukturiert."

Irgendwie verlangten unsere Körper nach frischem Kaffee, vielleicht mit einen Croissant dazu, um den aufkommenden Sonnentag zu begrüßen. Sich in der Kunstgeschichte zu bewegen war bis dahin sehr anstrengend, andererseits ist diese dem künstlerischen Schaffensprozess in keinster Weise ebenbürtig. Ich war zwar sehr erschöpft, stellte dennoch die Frage nach der Fortsetzung. „Was geschah danach?"

Lisa senkte den Kopf und sagte kaum vernehmbar: „Leonardo nahm den angebotenen Posten eines Militäringenieurs des Heeres von **Cesare Borghia** an, dessen Vater Papst **Alexander VI.** war."

Ich atmete tief durch und schluckte mehrere Male. Diese Wendung hatte ich nicht erwartet. **Lisa** sah mich mit ihren dunklen Augen an und sagte: „Nun bist Du sicher sehr erstaunt, so wie ich damals. Und jetzt erzähle ich Dir auch noch, was mir damals der **Malermönch** berichtete: Es gab nicht nur einen Geheimgang im Kloster Annunziata in Florenz, sondern, es sollen sich auch derartige im Palast des Papstes befunden haben, die **Alexander VI.** dazu nutzte, um sich in Absprache mit einem seiner engst vertrauten Kardinäle und im Einverständnis der zuständigen Äbtissin aus einem nahegelegenen Kloster junge Novizinnen zuführen zu lassen. Er hatte offensichtlich an diesen Zusammenkünften großes Gefallen gefunden und unterschied sich diesbezüglich in keinster Weise von den Bedürfnissen normaler Männer. **Alexander VI.** hatte den Ruf eines lebenslustigen Mannes und mit seiner Konkubine bereits mehrere Kinder. Für mich gab es folglich keinen Grund, die Aussage des **Malermönches** anzuzweifeln und er verspürte während seiner Erzählung offensichtlich ebenfalls ein derartiges Verlangen, denn seine Augen blitzten, als er mich ansah, und er schaute mich mit einem zuvor nie von mir bei ihm gesehenen Blick an. Ich fühlte sehr genau was in ihm vorging und so schlug er die Augen nieder und sagte weiter: „Es ist in unseren Kreisen bekannt, dass der Papst sich diesbezüglich nicht nach kirchlicher Vorgabe richtete. Es könnte sogar sein, dass auf Grund vorhandener Geheimgänge auch unbekannte Räume dazu benutzt wurden, dort frisch geborene Kinder zur letzten Ruhe zu betten.

Es ist auch nicht auszuschließen, dass sich nicht nur das Kirchenoberhaupt mit Novizinnen vergnügte und junge, strenggläubig Erzogene diese Treffen möglicherweise sogar als eine besondere Ehre ansahen, die ihnen höchste kirchliche Würdenträger entgegen brachten." Gerüchte und Verdächtigungen waren zwar damals üblich, der Erzählung des **Malermönches** aber wirklich Glauben schenken konnte ich nicht. **Lisa** hatte das so erzählt, als ob es das Selbstverständlichste auf der Welt wäre. Ich stand einige Sekunden still, dann berührte mich **Lisa** und führte mich in die Realität zurück. Sie fragte: „Was hast Du?" Ich sah sie an, schüttelte nur den Kopf und sagte dann: „Du erzählst mir unfassbare Dinge. Es ist kein Wunder, dass ich nur noch in die Ferne blicke und Dich nicht ansehe. Bitte umarme mich, bring mich in die Gegenwart zurück, lass uns den Rest des Tages vergnüglich sein und alles andere aus damaliger Zeit vergessen. Ich möchte etwas Wein trinken und eine Kleinigkeit essen." **Lisa** machte den Vorschlag, dorthin zu gehen, wo wir uns damals zuerst begegneten. Auf dem Weg dorthin wurde ich allerdings mehrmals an die Florentiner Vergangenheit erinnert, immer dann, wenn wir im Großstadtgewirr an einer Kirche vorbeikamen. Sie spürte, dass ich stets an ihren vorherigen Bericht dachte, der eigentlich aus dem Mund des **Malermönches** stammte. Um meine Gedanken zu beruhigen ergänzte sie: „Papst **Alexander VI.** lebte allerdings nur noch einige wenige Jahre und der folgende Papst hatte in seiner bischöflichen Amtszeit, im Gegensatz zu seinem Vorgänger, löblicherweise nur drei Töchter gezeugt." Für mich war diese Tatsache natürlich kein besonderer Trost und so schwiegen wir eine Zeit lang, überquerten mehrere Straßen, erreichten ohne weitere Diskussion unser Restaurant und konnten den Platz einnehmen, an dem wir uns damals zuerst begegneten. Nach dem Essen dürstete ich nach weiteren Erzählungen, mit denen **Lisa** mich so vortrefflich fesseln konnte.

# MYSTERIÖS

Wir hatten uns auf wunderbare Weise gefunden und ich weiß nicht, warum das so geschah. Sie lächelte und sagte: „Es gibt zwei Gründe unseres von mir gesuchten Zusammenseins." Ich wurde sehr neugierig und fragte: „Hatte **Leonardo** mit seiner Erfindung auch Männer präpariert und bin ich dadurch möglicherweise auch über fünfhundert Jahre alt, so dass wir uns aus diesem Grund nahe sind?" „Nein, das glaube ich nicht, oder genauer, mir ist das unbekannt."

„Aber warum hattest Du Dich ausgerechnet heute Abend mit einer Perücke verkleidet, alle meine Rechnungen bezahlt und erzählst mir Derartiges?". „Ich verrate es Dir: Mein Ehemann, **Leonardo** oder **Luca** interessierten mich gefühlsmäßig wirklich nicht, sondern Du. Ich war stets von Deiner Anständigkeit, Aufrichtigkeit und Bemühung beeindruckt, eine angefangene Arbeit gewissenhaft auszuführen und deshalb, mein **Malermönch**, war ich ernsthaft in Dich verliebt." Ich saß wie angenagelt auf der Bank im Park, zwickte meinen Unterarm, griff zur dunkelhaarigen Schönheit, fühlte, ob sie oder ich noch bei rechten Sinnen sei.

Ich der **Malermönch**? Ich war vielmehr ein Tanzbär als ein Mönch. Nein, sie scherzte mit mir, wollte mich verwirren. Was beabsichtigte sie damit? Ich fragte zurück: „ **Lisa**, welchen Unsinn erzählst Du mir?" Sie antwortete: „Ich will es Dir sagen: Natürlich hatte ich eine besondere Absicht mit Dir." „Und welche?" „Du bist kunstinteressiert, als Bildhauer vermutlich geschickt. Seit fünfhundert Jahren trage ich einen Venusgürtel, der mich andauernd quält. Ich konnte ihn bisher nicht öffnen lassen, ohne gleichzeitig meinen Körper zu schädigen." Ich entgegnete: „Ach, das glaube ich nicht. Es gibt in der heutigen Zeit genügend technische Mittel, um so ein Ding problemlos zu trennen und ihn von deinem Körper abzunehmen." **Lisa** schaute mich ungläubig an und sagte: „**Leonardo** hatte Erfindungen gemacht, die erst in viel späterer Zeit verwirklicht werden konnten. Sieh Dir das Auto an, den Hubschrauber und anderes, welches bisher noch nicht realisiert wurde. Ich bin so ein Beispiel: **Leonardo** gab mir damals in Florenz ein Getränk. Es sollte gegen mein Kindbettfieber wirken. Das war bei der letzten Geburt, ich hatte insgesamt vier Kinder. Ich trank das etwas prickelnd wirkende Mittel, wurde gesund und lebe gegenwärtig immer noch. Oder bin ich für Dich nicht gegenwärtig? Genau so ist es mit dem Keuschheitsgürtel. **Leonardo** hatte ein Metall entwickelt von unüberwindbarer Festigkeit, das zudem nicht mehr mit einem Schlüssel verschließbar, sondern lediglich von der Hand zu öffnen war und es wohl noch ist." Etwas kleinlaut murmelte ich: „Ja, er war wirklich ein Genie. Aber ausgerechnet ich soll das Problem lösen? Überschätzest du nicht meine Fähigkeiten?" „Versuche es! Lass uns dazu in meine Wohnung gehen, genauer gesagt, ich wohne in einem Hotel. Ich fragte ungläubig: „Du wohnst in einem Hotel, seit wann und wer bezahlt die Kosten?" Lächelnd antwortete sie: „Mein Ehemann **Francesco** hatte als Seidenkaufmann mit dieser Tätigkeit ein Vermögen gemacht und von diesen Zinsen lebe ich." Wir gingen also zu ihr, natürlich in ein Hotel bester Güte, im obersten Geschoss mit bestem Blick auf Paris. Die Wohnung war äußerst klug gestaltet und sparsam im Stil der Renaissance eingerichtet. Aber ich dachte jetzt nur noch an die mir gestellte Aufgabe, den Venusgürtel gewaltlos zu öffnen. Sie legte ihre Kleidung ab. Der nun erstmals für mich sichtbare Venusgürtel vermittelte mir den Eindruck, als präsentiere eine der schönsten Frauen der Welt Unbekanntes aus den Tiefen des Weltmeeres.

Das war offensichtlich wieder mal ein Geniestreich **Leonardos**, dachte ich. Ich untersuchte den gesamten Gürtel, vergaß dabei nicht, ihr gelegentlich die Beine zu streicheln oder auch ihre Füße zu küssen. Ich dachte, diese Frau soll mehr als fünfhundert Jahre alt sein? Unglaublich! Vielleicht war das irgend ein Trick von ihr, um Männer liebestoll zu machen. Ihrer äußeren

Erscheinung nach zu urteilen hatte sie etwa mein Alter und ich war vierunddreißig Jahre alt.

Ich untersuchte den Gürtel nach einem geheimen Verschluss, der mit oder ohne Schlüssel zu öffnen war.

Sie sagte nach einiger Zeit, es war wohl eine Stunde vergangen: „Es hat wohl keinen Zweck, ich hatte Dich überschätzt. Schade!" Sie setzte sich in einen ihrer Sessel aus der Zeit der Renaissance und dabei vernahmen wir ein seltsames Geräusch. Ich ging zu ihr, nahm sie in den Arm, küsste sie und griff mit der rechten Hand dorthin, wo ältere Frauen ihr Fett ansetzen, zur Hüfte, und nahm von ihrem Venusgürtel eine kleine Nadel, die sich vermutlich über viele Jahre im Sessel dort verborgen hatte. Die Nadel zeigte ich ihr und war nun fest überzeugt, die Lösung zur Öffnung des Keuschheitsgürtels gefunden zu haben. **Leonardo** hatte diesen mit relativ stark haftenden Magneten versehen, wobei zu bewundern war, dass sich im Verlauf der Jahrhunderte die Kraft der Magnete erhalten hatte.

Nun war das Problem doch von mir gelöst worden. So durfte ich zur Belohnung bis zum anderen Morgen bei ihr bleiben. Zu Beginn des neuen Tages kamen mir Zweifel, ob es richtig war, den Gürtel von ihrem Körper entfernt zu haben, denn sie schien über Nacht um zwanzig Jahre gealtert zu sein. Sollte **Leonardos** Mixtur in unmittelbarem Zusammenhang mit seinen metalltechnischen Erfindungen stehen und ihr Leben damit verlängert haben? Ich wagte es ihr nicht zu sagen und konnte ausrechnen, dass, wenn sie pro Nacht um zwanzig Jahre älter würde in nicht allzu langer Zeit ebenfalls stürbe und wer weiß, ob sich die Relationen nicht sogar noch ungünstiger bei ihr auswirken könnten.

Ich prüfte von ihr unbemerkt abseits liegend die Magnetkraft des Gürtels und es ergab sich, dass diese ebenfalls über Nacht verschwunden war. Es konnte also kein Zurück mehr geben, um ihr mit einer erneuten Anpassung des Gürtels das Leben zu erhalten und versuchte das zu überspielen. Ich liebte sie anderntags und in der folgenden Nacht sehr häufig und machte sie glücklich.

Tatsächlich schien sie mir wiederum gealtert zu sein. Ich glaubte nun, als junger Mann mit einer Siebzigjährigen liiert zu sein. Sie verspürte das aber nicht so, sie war frisch und munter wie an dem Tag, als wir uns im Restaurant begegnet waren.

Sie ging zu einem allerfeinst gestalteten Tisch. Dort öffnete sie einen Safe und zeigte mir ihre darin verborgenen Geheimnisse. Es waren Abbildungen des Gemäldes der **Mona Lisa**, die von Linien und Formen überzogen waren. Sie sagte dazu: „**Leonardo** hatte mir stets erklärt, aus welchem Grund er das Bildnis verändere. Diese Einzeichnungen stammen nicht von ihm, ich machte sie vor vielen, vielen Jahren im Louvre. Wenn ich dort erschien, schloss einer der Wärter den Saal, in dem mein Bildnis hing. Ich machte diese Analysen nach den Angaben, die mir **Leonardo** seinerzeit vermittelt hatte. Auf der Rückseite sind die jeweiligen Merkmale notiert."

Ich blieb stumm und äußerst aufmerksam. So bekam ich Dinge zu sehen, die mir in dieser Form zuvor nicht verständlich waren. Nun begriff ich, dass der formengeübte Seher ein Bild anders versteht als jemand, der sich von der Farbstimmung des Bildes angesprochen fühlt. **Lisa** erwähnte nur in einem Nebensatz: „ Es ist erstaunlich, dass mein Bildnis im Louvre nur wegen meines angeblich mysteriösen Lächelns fasziniert. Dabei sind geometrische Verbindungselemente so hervorragend miteinander verknüpft, dass sie das Gesamtwerk erst zu dem machen, was es ist. Es gibt aber Kritiker, die dem Laien ihren „persönlichen Geschmack" mitteilen. So ist es nicht verwunderlich, dass die „Kunstwelt" sich lediglich darauf verständigt, dass **Mona Lisa** ein geheimnisvolles Lächeln ausstrahlt, das niemals zu ergründen sei." **Lisa** schloss ihren Safe. Sie wünschte, mit mir einen Spaziergang zur Seine zu machen. Als wir an einigen Schaufenstern vorbei kamen hielt sie inne und betrachtete sich ungläubig. Sie fragte: „Sehe ich älter aus als gestern, oder täuscht mich die Abenddämmerung?" Sie war beunruhigt, weil ich ihre Frage nicht beantwortete. Was sollte ich ihr sagen? Die Wahrheit? Ich schlug ihr vor, doch lieber wieder in ihre Wohnung zu gehen und nicht, wie wir es eigentlich vor hatten, im Restaurant zu essen. Als sie unterwegs nochmals nachdrücklich nach ihrem Aussehen fragte, ob sie wirklich älter als gestern aussehen würde, beruhigte ich sie damit, in dem ich darauf hinwies, wie liebeshungrig sie die Nacht mit mir verbracht habe, und das so etwas bei einer schönen Frau sicher nicht spurlos bleiben könne. Das beruhigte sie!

In der Wohnung betrachtete sie sich im Spiegel, der, vermutlich ebenfalls mehrere hundert Jahre alt und nicht von bester Qualität, manches Altersfältchen zurückhielt. Sie schien jetzt weniger beunruhigt und fühlte sich sichtlich wohl. Nach dem Abendessen und einigen Gläsern Rotwein drängelte Lisa mich ins Bett, denn sie hatte einen hohen Nachholbedarf. Wir verbrachten mehrere Stunden miteinander. Als **Lisa** schlief, drang durch einen Spalt des Fenstervorhangs etwas Mondlicht hindurch, und als dieser ihr Gesicht streifte wurde erkennbar, dass sich der rapide Alterungsprozess nicht mehr aufhalten ließ.

Würde sie morgen früh, der bisherigen Regel folgend, dann wirklich neunzig Jahre alt sein? Bei diesem Gedanken endete für mich die Nacht. Ich ging zum Fenster, schob heimlich die Gardine zur Seite um den Safe zu öffnen, und um **Lisas** Analysen durchzusehen. Aber sie hatte das bemerkt. Sie erlaubte mir dennoch, alles Wissenswerte abzuzeichnen und zu notieren. So erfuhr ich Folgendes aus den im Safe vorliegenden Kostbarkeiten:

**Leonardo** verehrte sehr den Meister der Künste aus dem Palast des König **Minos** von Kreta, der um 2000 v. Chr. geometrisch gegliederte Amphoren und Tiere gestaltete. Er hieß **Geometrios**. Zudem bewunderte er **Vitruv**, den römischen Baumeister, der ca. einhundert Jahre vor Christus lebte und das Gesetz der Architektur bestimmte. **Leonardo** gab er wesentliche Hinweise und nahm damit in dessen Kunstwerke mittels der Geometrie Einfluss.

Die erste Analyse des Bildes zeigte verschiedene Formelemente, die sich proportional anglichen.

Die Wellenlinie, in meiner Skizze mit roten Strichen markiert, war sowohl als einfache Linie als auch als Doppellinie vorhanden. Diese typische Form befand sich entsprechend jeweils malerischer oder künstlerischer Absicht einerseits im Hintergrund, umgewandelt als Formen der Berge, Bäume, Bäche, Flüsse und Wege, andererseits korrespondierte sie auch mit Formen der Haare und als Licht der Unterarme.

Es gab Elemente, die sich als Doppellinie hervorhoben, sich erkennbar in heller und dunkler Form über das Bild verteilten.

Die Winkelform zählte zur wichtigsten Grundlage des Bildes. Hier wurde deutlich, dass das gesamte Gemälde von einem Netzwerk konstruktiver Elemente durchzogen war. Die gewonnenen Erkenntnisse der Geometrie waren bewusst, also hoch künstlerisch berücksichtigt, ohne dass in der Untermalung ein derartiger Konstruktionsplan nachweisbar wurde.

Die Form zweier Halbbögen, die in der Mitte zusammentrafen und in der Form einem Vogelflug glichen, befanden sich in allen Teilen des Bildes, auch jeweils in Anordnungen unterschiedlichster Größe. Auffindbar waren sie in feinen und breiteren Linien im Gesichts- und Haarbereich, sowie im landschaftlichen Hintergrund.

Die Form sich anstoßender Linien, die dem Buchstaben T ähnlich waren, ergaben sich fast an jeder Stelle zweier sich angrenzender Formen. Deutlich sichtbar waren sie im Bildnis dort, wo der linke Weg einmal als Wellenlinie, aber auch als Doppellinie, aufgehellt den dunkel gemalten Oberarm berührte.

Alle genannten Formen griffen im gesamten Gemälde in unterschiedlichster Weise ineinander und wurden von **Leonardo da Vinci** sorgsam aufeinander abgestimmt, bei der seine erfundene Maltechnik Sfumato feinste Nuancierungen ermöglichte.

Formangleichung bestimmt das faszinierende Lächeln der Mona Lisa.

Bei der im Safe entdeckten Aufzeichnung wurde das seit Jahrhunderten faszinierende, geheimnisvolle Lächeln der jungen Frau deutlich. Mir fiel auch auf, dass sich formaler Gleichklang einstellte, der sich auf den Mundwinkel und ebenso auf den Augenwinkel bezog.

Es waren also fein abgestimmte Werte, einerseits zwischen der halben Unterlippe mit dem winklig anstoßenden Mundschlitz, und andererseits zwischen dem halben untereren Augenlid mit dem winklig anstoßenden Augenschlitz.

Beide Formelemente waren genau aufeinander abgestimmt, leicht nach oben gebogen und bestimmten damit den Charakter des Lächelns. Wären diese Winkel gerade oder nach unten gerichtet, entstünde ein völlig anderer, eher ernsterer Gesichtsausdruck.

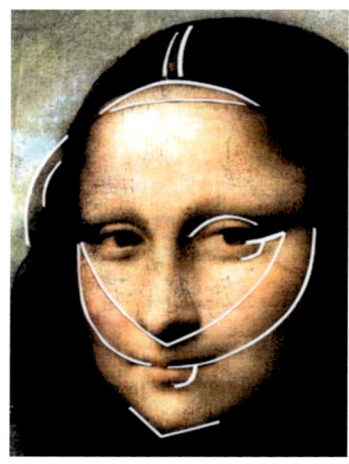

Weiterhin auffallend waren die angewandten konstruktiven Elemente, die das gesamte Gesicht durchzogen.

Hier wiederholte sich im Detail das, was sich bereits im Gesamtbild darbot. Doppellinien, Halbbögen, Winkelstücke und deren Verbindungsformen waren deutlich erkennbar.

Die von **Leonardo** geschaffenen Zusammenhänge waren in der von ihm erfundenen Maltechnik Sfumato übermalt und in allen Nuancierungen sorgsam aufeinander abgestimmt. Sein Wissen ermöglichte ihm, feinste Übergänge zu schaffen, die sich vom hellsten Ton bis in den dunkelsten Schatten durchführen ließen. Aber selbst das zum Mischen der Ölfarben sich besonders gut eignende Nussbaumöl ergäbe ohne die konstruktiv eingebetteten Formen keinen überzeugenden Zusammenklang des Gemäldes.

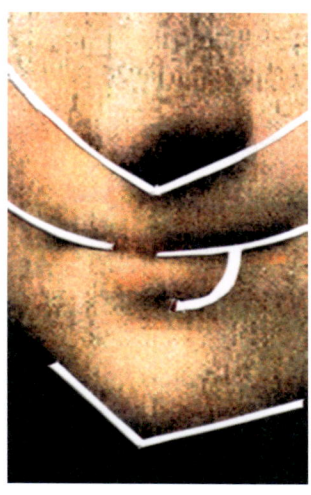

Es gab einen Ausschnitt, welcher im Detail winklige Elemente zeigte, die sowohl den Nasengrund als auch den Abschluss des Kinns bestimmten. Beide Winkelstücke ergänzten sich gegenseitig, liefen fast parallel auf der Gesichtsfläche. Der dunkle Schatten des Nasenloches hatte den gleichen Wert wie der dunkle Schatten unter dem Kinn. Mit feiner Grauabstufung waren die Lichter der Nasenspitze und der Kinnspitze als Mittelwert zwischen hell und dunkel bewertet. Die zwischen beiden Winkelformen liegende Mundpartie verwies auf die konstruktive Form des Lächelns. Der Bogen bestimmte zudem räumliches und plastisches Volumen.

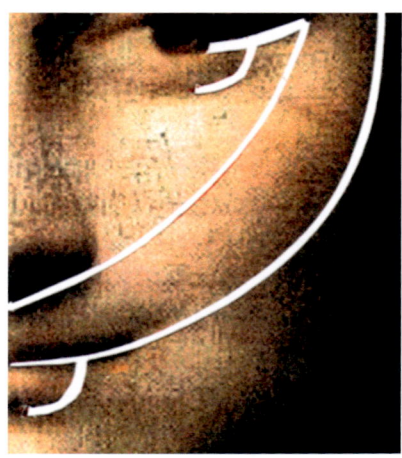

In diesem Ausschnitt wurde deutlich erkennbar, dass sich zwischen den längeren gebogenen Linien ein bestimmter Wert eines Volumens ergab, der plastisch vom hellen Fleisch mit grauem Übergang zum dunklen Ton führte und dadurch plastisch wirkte.

Diese große Masse wiederholte sich gleichermaßen im Unterlid und in der Unterlippe des Gesichts.

Es war also eine fein abgestimmte Übertragung eines großen Volumens auf eine kleinere Fläche mit unterschiedlicher Bezeichnung und anatomischer Bedeutung:

Wange,

Unterlippe,

Augenlid.

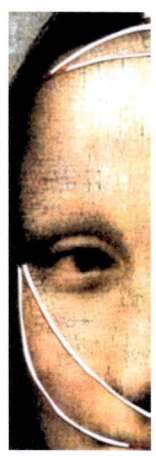

Dass sich aus der Konstruktion auch ein anderer Zusammenhang herleiten ließ, der ebenfalls mit den bisherigen Aufzeichnungen übereinstimmte, ließ sich aus den beiden Formen der linken Wange und der gleichklingenden Form an der Stirn erkennen.

Hier stießen die Begrenzungen des Bogens sehr kontrastreich gegen dunkle Flächen, während die etwas abgeschwächten Bögen voll im Licht lagen.

Der Zusammenhang konstruktiver Elemente war unverkennbar.

Der obere Kopfanteil des Gemäldes zeigte in der Doppellinie zwei Grauwerte. Einmal als farblicher Übergang einer Grauwertstufe und als Verbindungselement zwischen den dunklen Haaren und dem hellen Volumen der Stirnfläche. Andererseits zeigte sie sich als Angleichung der Form und ist gleichzeitig Übergang vom seitlichen Haar und der helleren Graufläche des Hintergrundes.

Bemerkenswert war der Gleichklang zweier Bögen, die einmal das obere Augenlid und den Haaransatz bestimmten. Der Wert dieser Formen war nahezu identisch und unterlag lediglich einer Proportionsverschiebung.

Der gesamte Ausschnitt zeigte die Formensprache der Halbkreise, die gleichzeitig die gewollte künstlerische Körperhaftigkeit mitteilten und deutlich machten, dass ohne Angleichung und Konstruktionselemente eine bildnerische Arbeit dieser Qualität undenkbar wäre.

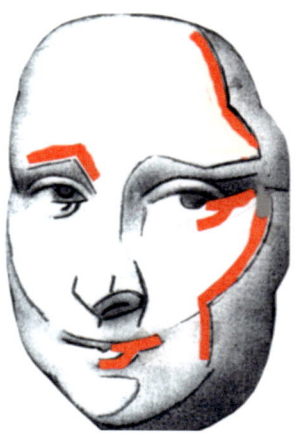

Seltenheitswert besass sicherlich die Darstellung der **Mona Lisa** als kahlköpfige Frau. Aber es hatte durchaus Vorteile, sich diesem Formgefühl zu nähern. Der Kopf zeigte in klarer Struktur **Leonardos** Absicht, klug mit den Mitteln von Licht und Schatten umzugehen. Der starke Kontrast und die von ihm vorgenommene Linienführung verdeutlichte den Zusammenhang bestimmter Formelemente, die sich geschickt miteinander verknüpften und damit dem Gesamtkörper den erforderlichen einheitlichen Guss gaben. Es war auch deutlich, dass trotz seiner späteren zeichnerischen Hinzufügung das sonderbare Lächeln unvermindert bestehen blieb. Eine derart präzise Formgebung als Ausgangslage malerischer Feinheiten ermöglichte, die zu schaffenden Gegenstände plastisch hervortreten zu lassen und gab den Gegenständen mehr Rundungen.

**Leonardos** dünnflüssiges Malmittel war sehr gut geeignet, viele Pigmente aufzunehmen und erlaubte eine zeichnerisch genaue Behandlungsweise mit feinsten Übergängen.

Die leicht verschleiert wirkende Form- und Farbgebung ließ sich damit nuancieren, abstufen und verändern.

Der Zusammenklang verschiedenster Elemente, an der jeweils richtigen Stelle proportional der Notwendigkeit angepasst, brachte ein meisterhaftes Werk zustande. Auf Grund vieler Flächen und verbindender Konstruktionslinien, die durch Gleichbehandlung formaler und proportionaler Angleichung im allgemeinen, insbesondere derer, die den Flächenanteilen der Hell- und Dunkelwerte betrafen, ergab sich angesichts künstlerischer Erfordernisse ein nicht zu beeinflussender eigenständiger Gesichtsausdruck. Die Schönheit verrät ihr Lächeln durch die völlige Übereinstimmung der Formen von Mund- und Augenwinkeln.

Bei meiner Betrachtung dieser Zeichnungen und dem Studium der rückseitigen Notierungen räusperte sich **Lisa**, um damit kundzutun, dass ich von ihr beobachtet wurde. Da ich gleichzeitig meine Notizen abgeschlossen hatte, wendete ich mich ihr zu. Wie von mir befürchtet, hatte sich ihr Alterungsprozess weiter beschleunigt.

Ich nahm ihren fortschreitenden Alterungsprozeß nun sehr deutlich durch den Verlust ihrer Zähne wahr. Dennoch konnte ich ihren unverständlich gewordenen Worten entnehmen, dass **Leonardo** die anfangs vorhandene Porträtähnlichkeit im Verlauf künstlerischer Erneuerungen stets abgeändert hatte und das Bildnis damit nicht mehr dem ursprünglichen Auftrag entsprach.

Es war hart für mich, **Lisa** im stetigen körperlichen Abbau zu sehen. Hinzu kam, dass sie mein Ansinnen, sie ins Krankenhaus zu bringen, strikt ablehnte. Ich verließ total verwirrt ihre Wohnung, ging ziellos durch die Stadt, ließ mich treiben. Ging mal hier und mal dort hin, überquerte vielbefahrene Straßen, um nach anstrengendem Straßenpflastertreten meine müden Beine in irgend einem Restaurant auszuruhen. Es waren nur wenige Gäste anwesend, so dass genügend Tische zur Auswahl blieben. Aufkommendes Hungergefühl veranlasste mich, dort länger zu verweilen.

Plötzlich entdeckte ich, mir den Rücken zugewandt, eine dunkelhaarige Frau, um die dreißig Jahre alt. Ich war verwirrt und rief: „**Lisa**, **Lisa**!" Aber sie hörte nicht. Ich rief lauter: „**Lisa**, bist Du es?" Die junge Frau drehte sich um. „Ach, der Bildhauer mit seinen geschickten Händen! Er hat mir wirklich gut geholfen." Ich stotterte: „Aber **Lisa**, Du siehst ja genau so aus wie vor drei Tagen!" „Ja, warum denn nicht?" fragte sie und setzte fort: „Ach, das Spiel mit der Maskerade des Alterns. Ich verstehe Deine Verwirrung. Es waren drei schöne Tage mit Dir. Ohne Deine Entdeckung des Magneten würde ich mich noch in weiteren fünfhundert Jahren langweilen. Ich besitze **Leonardos** Mixtur in ausreichender Menge und kann mich auch entsprechend jünger machen. Er war ein Erfinder, ein Genie! Willst Du davon auch mal kosten, um zu sehen, wie Du mit neunzig oder hundert Jahren aussiehst?" Ich sagte nichts, stand auf und fürchtete mich davor, dass sie mich zu einem Glas Rotwein einladen würde und mir möglicherweise etwas von **Leonardos** Wunder-Medizin eintropfen könnte. Ich verabschiedete mich rasch, verließ mit eiligen Schritten das Restaurant, ging zu meinem Auto, um mich meines Körpers klopfend, kneifend, tretend zu vergewissern, dass ich mich nicht verändert hatte, weder körperlich, aber auch nicht geistig. Ich brauchte einen Ruhetag.

Wenn ich in den nächsten Tagen eine dunkelhaarige Frau in meiner Nähe sah, fürchtete ich, es könnte **Lisa** sein.

Dennoch musste ich sie wiedersehen. Nicht die Dreißigjährige, sondern die Fünfhundertjährige, beziehungsweise das von **Leonardo da Vinci** gemalte Gemälde, das sich im Museum Louvre befand.

Ich wollte sie mit anderen Augen sehen, unter der Berücksichtigung geometrischer Anwendung die formale Gestaltung der „Lächelnden" untersuchen. Ich wollte sie mit meinen neuen Erkenntnissen gewissermaßen "sezieren".

Formen sehen und deren Eigenleben verstehen. So wäre die Gleichwertigkeit der Volumen abhängig von der Größenordnung der Proportion, die wiederum dem architektonischen Aufbau eines Kunstwerkes unterliegen, wobei das bildnerische Gesamtgerüst sich dem gewählten Thema unterordnet. Erst danach wären die Details gegeneinander abzuwägen und Gleichnisse sorgsam aufeinander abzustimmen. Formen und Farben hätten damit bestimmte Vorgaben und würden im Gleichklang des Abwägens eine stets konzentrierte Vorgehensweise des Künstlers verlangen, der damit und im Zusammenhang mit deren maltechnischen Erfordernissen nicht mehr eigenmächtig entscheiden könnte. Formen und Farben verlangten ihre jeweiligen Übergänge, die Schritt für Schritt ausgeführt werden müssten. Daraus ergäbe sich, dass eine kleine Masse im Übergang vom Schatten zum Licht genau so zu behandeln wäre wie die größere Masse einer Form.

Bildnerisch müssten auch schmale, langgezogene Volumina einer Darstellung mit einer kurzen oder breiteren voluminösen Form korrespondieren. Flächen und Kanten wären dementsprechend anzupassen. Gegensätzliche Formen, die durch geometrische Vorgaben entstanden wären, bildeten bereits vorgegebene Werte, und mit der Schaffung des Übergangs gelänge die bildnerische Übereinstimmung eines Kunstwerkes.

Meine Gedanken drehten sich jetzt nur noch darum, ob es mir gelingen würde, das bei **Lisa** Gesehene auch auf dem Original wieder zu entdecken. Jedenfalls war sie für mich persönlich ein unvergesslicher Traum. Und sie hatte sich in wunderbarster Weise revanchiert, indem sie mir ihre Geheimnisse aus dem Safe zugänglich gemacht hatte.

Wir waren in den folgenden Tagen sehr eng miteinander verbunden, so dass über das Private hinaus auch Vieles aus der Zeit der Renaissance für mich deutlicher wurde. Ihre wiedergegebenen Erzählungen über **Leonardo** und ihre Erlebnisse mit dem Keuschheitsgürtel, hatten schon ihren Reiz, damals wie heute. Sie hätte zuletzt nicht das Verwandlungsspiel des Alterns vorführen müssen.

Ich entschied mich, den Louvre zu besuchen und kam, nachdem ich ausreichend von **Lisa** vorgebildet worden war, zu nachfolgendem Resümee:

Der bildende Künstler gestaltet sein Werk nach der Vorgabe der Gesetzmäßigkeit von Formen und Farben. Er bewertet logischerweise das Ergebnis anders, als der Auftraggeber oder spätere Betrachter es jemals vermag.

Wenn wir das Bildnis der **Mona Lisa,** die 1479 als Tochter des Antonio **Gherardini** geboren wurde, genau betrachten, dann sind zwei Merkmale besonders ausschlaggebend, um das geheimnisvolle Lächeln zu verstehen: Von der Pupille des rechten Auges, auf dem Bild von links nach rechts, geht ein dunkler Strich, der sich im Mundwinkel in gleicher Dunkelheit wiederholt. Beide Linien ziehen leicht nach oben rechts und vermitteln einen freundlichen Ausdruck.

**Leonardo da Vinci** gestaltete das Bildnis nach geometrischer Vorgabe unter Berücksichtigung des „Goldenen Schnitts." Da er gleichzeitig die von ihm erfundene zeitaufwendige Malweise „Sfumato" einsetzte, die ihm feinste Übergänge ermöglichte, arbeitete er fast vier Jahre an diesem Werk.

**Leonardo** unterlegte dem Gesicht ein Quadrat, dessen Breite von Augenwinkel zu Augenwinkel und in der Höhe bis zur Unterlippe reichte. Durch die Übereinstimmung formaler und proportionaler Angleichung, Unterlid und Unterlippe des Porträts, entstand ein feinmodellierter Einklang des gesamten Kopfes und unterstützte damit die vorgegebene Freundlichkeit der **Mona Lisa.**

**Leonardo da Vinci** verwirklichte bei der Gestaltung seines Porträts künstlerische Notwendigkeit. Das gesammte Zusammenspiel aller Elemente: Architektur, Proportion, Form, Maltechnik und Farbgebung, ergab ein Kunstwerk, bei dem sich das geheimnisvolle Lächeln aus künstlerischer Erfordernis automatisch oder auch zwangsläufig ergab.

# BILDHAUERATELIER

### Berlin, Deutschland

Bislang war wohl das Porträt der **Mona Lisa** das bekannteste Gemälde des **Leonardo da Vinci.**

Dagegen erreichte sein umfangreiches grafisches Werk nur wenige Wissenschaftler und Künstler vergangener Jahrhunderte.

Völlig unbeachtet – und erst seit der Anwendung als Symbol im deutschem Gesundheitswesen einem jeden Normalbürger bekannt – ist seine Proportionsstudie des Körpers, eine Federzeichnung, die zwischen 1485 und 1490 entstand. **Leonardo** zeichnete sie offensichtlich nach Angabe des römischen Baumeisters **Vitruv.** Dieser hatte bereits im 1. Jahrhundert v. Chr. deutlich gemacht, dass der Nabel des Menschen bei seitlich ausgestreckten Armen gleichzeitig auch der Mittelpunkt eines Kreises sei.

Der Kreis, der sich von der gebogenen Linie zur Kugel entwickeln kann, unterscheidet sich von der geraden Linie des Quadrates und dessen Weiterentwicklung führte zum Würfel. **Vitruv** verstand dabei den Würfel oder Kubus, als Urform der Architektur.

**Leonardo** illustrierte zudem die Arbeit seines Freundes und Mathematikers **Luca Pacioli,** der sich intensiv mit den Maßen des „Goldenen Schnitts" beschäftigt hatte. Es ist deshalb davon auszugehen, dass er die daraus gewonnenen geometrischen Erkenntnisse auch in seinen bildnerischen Werken berücksichtigte. Soweit meine Erinnerungen und Erlebnisse mit **Lisa** im Jahr 1965.

Viele Jahre später begegneten wir uns erneut. Sie hatte sich selbstverständlich nicht verändert. Warum auch? Sie besaß die Mixtur des **Leonardo da Vinci** und konnte damit wunschgemäß umgehen. Im Gegensatz zu damals tranken wir jetzt allzu viel unseres bereits in Paris beliebten Rotweins, mit dem für mich berauschenden, positiven Ergebnis: In **Leonardos** „Proportionsstudie des Körpers" sah ich 1983 die Möglichkeit der Umgestaltung des Menschen.

Diese Erfindung bestimmt seitdem meine Plastik und Malerei, und deren Analysen sind veröffentlicht in:

WYNY ECU

### KUNSTBIOGRAFISCHES
**Mit Form- und Farbanalysen**

ISBN 3-8334-0986-X

Die Bestimmung einer Form und ihre konsequente Anwendung, sowie das Berechnungssystem von Farben und deren Kontraste, sind für jedermann verständlich dargestellt.

So gibt es unter 61 Abbildungen interessante Hinweise bei der Lösung künstlerischer Fragen und Probleme.

Erfahrungen, daraus resultierende Ansichten über alltägliches und den „persönlichen Geschmack" in der Kunst ergänzen handwerkliches.

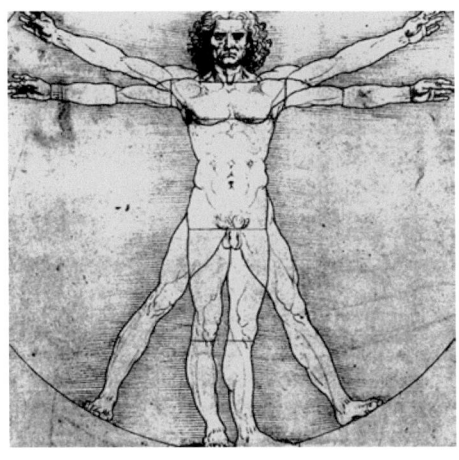

Aus der Zeichnung ist schön ersichtlich, wie **Leonardo** Grundgesetze der Geometrie vom menschlichen Körper ableitete. Die Proportionsstudie unterteilt den menschlichen Körper, im Verhältnis des Kopfes zur gesamten Figur, in acht Teile. Der männliche Körper ist mit doppelter Arm- und Beinhaltung in einen Kreis eingezeichnet, welcher noch von einem Quadrat unterstützt wird. Die aufrecht stehende Figur berührt mit gerade ausgestreckten Armen die Außenlinien des Quadrates, also sind die Strecken Kopf bis Fuß ebenso lang wie die horizontal ausgestreckten Arme des menschlichen Körpers, während die ausgebreiteten Beine und erhobenen Arme die Außenlinien des Kreises berühren.

Völlig unbeachtet blieb dagegen ein anderer Gesichtspunkt. In meinem Bildhaueratelier stellte sich die Frage nach einer Abwandlung dieser Figur, die mir bereits seit 1952 anlässlich des fünfhundertsten Geburtstages von **Leonardo da Vinci** bekannt war.

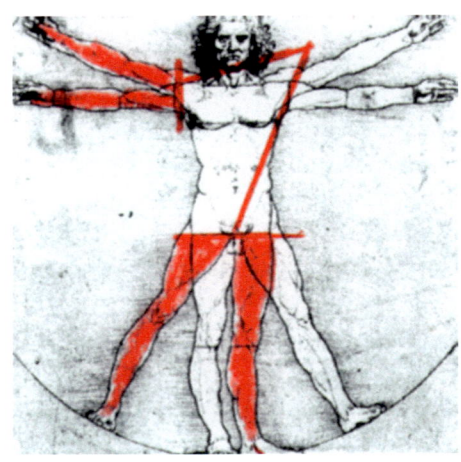

Die im Kreis und Quadrat konstruierte Figur hatte zwar nur Thorax und Kopf, aber die Extremitäten (Arme und Beine) ließen zwei voreinander stehende Figuren erkennen, weshalb ich zwei der vier vorhandenen Beine farblich absetzte, so dass sich im Beckenbereich logischerweise die Verbindung ergab. Dadurch entstand eine Grundform, die sich in der Armpartie zwangsläufig wiederholen musste. Das größte Problem galt der Verbindung der neu entstandenen Arme und Beine im Bereich des Körpers und der Frage, ob die Figur einen Kopf benötige. Da sich bildnerisches Denken vom literarischen Denken unterscheidet, verneinte ich das. Vielmehr musste sich die neu geschaffene Figur konsequent der bereits vorliegenden abstrakten Form unterordnen. Eine spitzwinklige Variante ermöglichte das und bildete somit die Grundlage zu einer neuen, wenn auch ungewohnten Sicht mit dem von mir erfundenen Namen „Europid."

Soweit meine Erfindung, die sich konsequent von der allgemein verbreiteten Kunstauffassung unterscheidet. Jede künstlerische Arbeit sollte sich nach gültigen Wertmaßstäben richten, die aus Werken der Kunstgeschichte ablesbar sind:

- so erhält die Idee zunächst einen architektonischen Aufbau. Anschließend sind sorgsam die Proportionen zu bemessen, also verschiedene Flächen oder Strecken in ein richtiges Maß zu setzen.

- das Schwierigste bei der Gestaltung eines Kunstwerkes ist die sorgfältig abgestimmte Form mit ihren Übergängen.

- der Kontrast ist im Einklang mit dem Gesamtwerk in Form oder Farbe lediglich stärker hervorzuheben.

- das bildnerische Werk verlangt eine materialgerechte Bearbeitung.

Nach langjähriger künstlerischer Erfahrung, die mit einer ersten Überzeichnung eines Bildes von **Paul Klee** begann und der werkgerechten Ausführung mehrerer Plastiken von **Rudolf Belling** eine Fortsetzung fand, bildete sich mir der Erfahrungsschatz, der es ermöglichte, eine Analyse des Bildnisses der **Mona Lisa** von **Leonardo da Vinci** vorzunehmen.

Als Bildhauer bin ich kein Maler im Sinne unkontrollierbarer schwungvoller Gesten. Meine Vorgehensweise entspricht dem plastischen Denken, ähnlich einem Baumeister, der seinen Plan nach zuvor erstellter Berechnung ausführt. So wird das Bild skulpturähnlich empfunden. Die Formen bestehen aus der Kombination gerader Linien, die entweder durch Abknickung oder zu Kurven verändert sich zusammengesetzt formal ergänzen.

Das Hauptthema „Europid" bestimmt mit seiner Masse den architektonischen Aufbau, der sich auf einer breit hinziehenden Plinthe in Übereinstimmung mit der vorausbestimmten Form befindet.

Das Nebenthema „Wagen" entspricht formal der Figur und entwickelte sich durch die Angleichung zu gleicher Verfremdung.

# REGISTER